KB103432

장미의 내용

장미의 내용

조정인 시집

창비

차 례

제1부

한 개의 붉은 사과

하루가 다 젖어 비를 듣는 귀는
                흐르는 빗물을 더듬어 어디로 가나

가을의 큰 사각형, 페가수스 네 변이 사과의 둥근 틀에 내
려와
마지막 조율을 마친 그후였다 사랑이 무거워져 불현듯
휘고 또 굽이쳐
온몸이 물소리를 낸 건

당신에게서 정물처럼 생략되고 있는 한 심장이 탁자 모
서리에 올려놓은

(바람의 분배와 그늘의 밀도가 치우쳐 살갗이 트고 미세
하게 기운)

고요한 구(球)

분첩으로 눌러 고친 우기의 흔적 너머, 벙어리 여자의

모음만으로 얽어진 고백을 들은 것 같은

당신이라는 중력에 닿고서야 멈추었을 이 붉은 운행, 창
문을 젖혀
축포처럼 새떼를 날리고 싶은 흰 손의 모반

입을 다문 채 말갛게 보내오는 시선과 스친 건 어떤 일
인가
무풍의 잠잠한 표정 뒤로 소용돌이치는 명랑과 우울의
난기류가 읽히는 일은

사과 따기

나무는 그해의 잘 익은 태양을 이고 있고 신의 의중은 뿌리 밑에 스며 있다 그의 의중이 재채기처럼 튀어나가 주렁주렁 나무의 문전성시를 이루었다

아담의 호기심 많은 여자에 관한, 의혹투성이 미제사건에 손을 대듯 나는 사과를 향해 손을 뻗었다 죄를 짓기도 전에 눈이 밝아져 아담내외 구부정 걸어가는 신기원의 지평선이 한눈에 들어왔다

(얼마나 어여쁜 말의 기원인가, 아담이 이르는 그 입술의 모양대로 새가 날고 꽃이 피고 열매가 맺히고 사슴이 달린다 부스럭부스럭 바위가 웅크리고 용암이 흘러간다 번쩍이는 레일 위를 쿵쿵쿵 검정 강철짐승이 질주하고 나는 백야행을 타러 간다)

지난여름 낙뢰, 그 환한 샛길로 사과밭의 환영이 지나갔다 몽상과 예감의 거친 파도가 쓸고 간 하늘 아래, 꿈처럼 재현된 과수원에서 사과를 땄다 그 붉은 필름에 바람의 소

용돌이와 구름의 정처가 인화돼 있다 지상에 흘린 에덴의
풍문을 한입 베어물었다 불온을 부추기는 균이 고요하게
번식해갔다

하느님의 오후

감나무 아래 연두색 크레파스 토막 같은 애벌레가 나와
있다

연둣빛은 정작, 침침하고 물컹하고 미끈거리고 밟히고
으깨져
비릿하고 흐르고 번져 반짝이는 하느님의 눈물 같은 것
그리하여 그는
그 자신의 창조와 피조를 동시에 견디는 중인데

목질의 침묵이 쏟아내는 연둣빛 아래 숨었던 통각이 환
하게 살아난다면
느닷없는 기쁨의 예각이 날아와 박힌다면 말들의 환호가
혓바닥에 돋는다면
당신 또한 보다 큰 불구를 안고 살아갈 사람

짤막한 사색의 귀결을 얻은 산책자처럼 그가 몸을 틀어
나무에 든다
낮에 꾸는 꿈인 듯 꿈속의 낮인 듯 나무에 아주 스미어

하나 속으로 사라진 둘

둘 속으로 사라진 하나는 고적하다

아내가 있었다

짧게, 짧게, 고르게, 파릇파릇 시간 속으로 물을 뿌리는
아내는 착한 정원사였네

아내와 내가 빗소리로 지은 집에서 빗소리의 주름으로
커튼을 치고
붉은 열목어가 되어 출렁이던 방, 문고리엔 뒤섞인 지
문들

오랜 외출에서 돌아와 저녁을 준비하는 아내의 도마소리
지상에서 듣는 마지막 소리여도 좋을, 도마를 건너가는
칼날의 탭댄스

그 사람 소복이 파 썰어놓고 내게 와 나직이 귀기울이네
고른 숨소리를 듣다가 멀어져가네 모로 누운 얼굴 감은
눈 속에
거실을 질러 저만치, 저물 무렵 한때를 은행나무 햇순 같은
아내가 다녀가네

스적스적 스란치마 스치는 기척으로 옅은 잠 언저리를
적셔오는
빗소리가 내 잠 속에 한주먹 누룩을 박아

꿈의 초입부터 풀잎이 불어나 풀잎의 바다 위를 나는 떠
가네
빗소리를 거슬러 유실된 기억을 줍는 기나긴 여행이 시
작되었네

아내는 빗살무늬 항아리로 물 긷던 사람, 빗살과 빗살
사이
뇌성이 울다 가네 빙벽이 무너지고 들소가 울부짖네 햇
빛에 눈이 찔려
사슴이 달아나네 눈물이 나네

홍옥

건조한 기척으로 수레가 구르듯 9월이 지나갔다 멀리서
온 신간(新刊)처럼
　상점에 홍옥이 나와 있다, 카시의 1956년 작(作) 헵번의
감긴 눈에는
　우주가 담겼지 싶었다는데 9월도 스무하루 해거름 홍
옥은
　입을 꼭 다문 채였다

　육과를 쪼갰더니 벌레 한 마리 구심을 향해 머릴 두었다
　유랑극단 여배우 이름만 같은 홍옥은 고물대는 우주를
물고 있었다
　미처 눈도 못 뜬 어린 질문이 파놓은 샛길에는 우기와 건
기가 지나간
　시간의 질감이 역력히 남았다 입을 벌린 사과의 구강으
로 저문
　과수원이 들어섰다 알 수 없는 흔적들이 지워질 듯 어른
거렸다

꽃을 쪼던 찌르레기 부리 끝 비린 향기와 쏼쏼쏼 쓰르라미 울음소리

나무 아래를 지나는 새끼 밴 어미고양이의 느릿한 걸음걸이, 소녀를

만나러 가는 소년의 바스락대는 그림자와 물병자리 너머 머지않아

폭설을 몰고 올 당신이라는 별…… 홍옥은 그 많은 겹을 입혀 구워낸

붉은 종, 9월의 캐럴이다

목격

깊은 새벽, 마사(馬舍)였다

속눈썹 아래는 검은 호수
단단한 장딴지 벨벳처럼 윤기 흐르는 잔등

말은, 제 관자놀이를 겨냥하는 어둠속 총부리를 느꼈다
무슨 일인지, 말은 이런 상황이 오리란 걸 알고 있다는 듯
조용히 주의를 기울일 뿐

총구가 클로즈업되었다 호수 수면으로 순간, 짐승의 비
애가
　암청색 싸파이어 파편처럼 떠오르는 게 목격되었다 짐승
의 그것은
　만져질 것 같은 무엇이었다, 나는 필사적으로 벽면에 붙어
푸른 복면의 킬러를 따라잡았다

(타앙……) 무성(無聲)의 총소리와 함께 손등어리에
아네모네 꽃문양 같은 탄흔이 찍혔다

검은 호수가 한번 닫혔다 천천히 열리는 사이

꿈 바깥까지 팔을 쭉 뻗은 나는 뭔가를 저지하려는 듯
허공에 팔을 뻗은 채였다 손바닥 안쪽이 얼얼했다
왼쪽 어깨에 통증이 왔다 내 안의 킬러와 천사를
밤새 져 나른 탓이다

고양이는 간간 상황 너머에 있다

얼마나 깊은 데서 띄워올린 언어인가 네 고요한 응시는
상황 너머로부터 검은 장미꽃잎만을 받아먹고 사육된
종족

너는 간간 내게로 와서 모스크 불빛 같은 눈을 들어 갸
우뚱
바라보고는 하지 제 심연의 슬픔이 외따로이 떠 있는 동
그란 그곳에
그만 시큰하도록 발목이 빠져 사랑한다, 고백하고 말았
는데

나를 따돌린 저편에서 간헐적으로 흘리는 네 토막울음은
사라지기 위해 있는 차가운 음악, 그날 너는 열에 들뜬 내
머리맡을
지키고 있었나 근심을 늦추지 않은 연약한 불꽃으로

고양이와 나는 각자의 침묵에서 두 점 파란 불꽃을 피워
흔들렸다

어둠속에 일어나 짐승의 반짝이는 물가에 나란히 앉아본
자는 안다
　종(種)의 경계가 얼마나 부질없는 것인가를

　우린 신의 식탁 아래서 빵부스러기를 줍는 이방의 존재
들이지만
　종종 이마를 맞대고 소곤거리는 사이다 그 작은 미간에
입술을 얹자
　눈을 감는 너, 열렬히 나를 듣는

문신

고양이와 할머니가 살았다

고양이를 먼저 보내고 할머니는 5년을
더 살았다

나무식탁 다리 하나에
고양이는 셀 수 없는 발톱자국을 두고 갔다
발톱이 그린 무늬의 중심부는 거칠게 패었다

말해질 수 없는 비문으로
할머니는 그 자리를 오래, 쓰다듬고 또 쓰다듬고는 했다

하느님은 묵묵히 할머니의 남은 5년을 위해
그곳에 당신의 형상을 새겼던 거다

고독의 다른 이름은 하느님이기에

고양이를 보내고 할머니는 하느님과 살았던 거다

독거, 아니었다

식탁은 제 몸에 새겨진 문신을
늘 고마워했다

식탁은 침묵의 다른 이름이었다

자동기술

꿈속에 지구를 안았어요, 정사를 벌인 거죠

그 많은 창문들 여닫히는 소리 삼백장도 넘는 유리에 손
을 대자
한꺼번에 깨지고 말았어요, 폭약처럼 집이 터졌어요, 멈
추지 않는 핏방울의
웅얼거림이 나를 이끌었어요, 단지 하얗게 증발해버릴
피의 기록들이 사방으로 튀었어요

지하막장 레일을 지나는 탄차(炭車)처럼 고적한 몸속으
로 지구가 흘러가요
내게도 냇가 몽돌 하나에 새겨지는 기록을 남기며 흐르
는 지구
자전과 공전의 푸르른 머리칼이 수평으로 휘날리는 광휘
를 보았어요

한밤중 침대의 설원을 지나다 마그마의 이마를 밟고 만
거예요

몸속에서 자명종이 깨지듯 울자 가본 적 없는 파미르가
펼쳐지고

흰 늑대 한 마리 눈보라처럼 불어갔어요 고독을 사랑한
짐승은

열흘이고 보름이고 앞을 보며 달린다지요, 돌이킬 수 없
다지요

거울에 비친 세설(細雪) 같은, 순결한 짐승의 숨결이 귓가
에 선명해요

차고 넘치는 마그마의 자동기술이 당신은 수줍은가요?

하지만 지구도 어쩌다가는 일정한 보폭을 걷어차고

춤을 꺼내신어요, 이를테면 시를 쓰지요

몸속 더운 강물이 범람한 거죠 목울대 파이프 한 다발이
축제처럼

장미를 피우는 밤, 내게 붉은 은하를 거느린 지구가 다녀
갔어요

낙수

느리게 구르던 수차가 덜컹, 깊은 바큇자국을 남깁니다
사랑하는 동안 이곳은 늪지입니다

전선에 맺힌 빗방울 하나가 저에게 다가오는 때를 기다
리는 동안
시간은 수밀도 익어가듯 깊어갑니다 말갛게 바닥을 탐색
하던 빗방울이
깜박, 저를 놓으며 온몸에 찰나의 광휘를 두릅니다

빗방울이 제자릴 찾는 데는 삼천년이 걸린다는데 삼천년
너머,
빗방울 하나가 허공에 떨고 있었을 그날에도
하늘은 저리 푸르렀을까요?

연일 소소한 바람이 많아진 비 갠 오후 흰 종이 위에
—종일 나뭇잎이 웅성거린다, 적었습니다 깊어진 여백
으로
물푸레나무가 들어섭니다 다 셀 수 없는 마음입니다

홍옥(紅玉)

미량의 크로뮴을 품은 돌, 누가 이 빨강의 비명을 홍옥이라 불렀을까? 투명한 돌멩이의 구심에서 외곽까지 구석구석 원소의 메아리가 쟁쟁하다

왼손은 생각에 잠긴다―연두와 빨강 사이 '스미다, 번지다, 휘다, 견디다'에 대해 어둡게 흐르는 물소리와 한 굽이씩 붉어지며 솟는 물마루와 골, 그 위대한 조증과 울증과 평정에 대해 그러므로 씨방의 기억이 밀려나간 꽃과 육과의 외연, 4월에서 9월을 단번에 벗기는 일은 폭력이다 칼날을 천천히 눕힌다, 사과의 괄약근이 꿈틀 진저리친다 과육에 고인 햇살의 파장 중 빨강의 맥박이 돌올하게 짚인다 칼을 쥔 오른손은 사려가 깊다

왼손은 거듭 생각한다―방금 이름을 벗어던진 칼날 위의 홍옥은 얼마나 향기로운 소멸인가 얼마나 홀가분한 배반인가, 천천히…… 오른손이 왼손 약지에서 빨강의 정점을 내려 쟁반 위에 놓았다 딸각, C는 그와의 결별을 굳혔다

탁발

다 해진 무릎걸음으로, 나무는 겨울을 건넜으리라
그의 메마른 몸을 지날 때 벌어진 손톱 같은 수피 틈으로
그을음이 새어나왔다 숯을 굽거나 알을 굽거나 화부인
그는

알이 깨지고 빛의 부리가 허공을 두드린다, 허공이 한 겹
비릿한 껍질을 벗는다 무섭도록 새들의 환영을 들어앉힌
목련의 아프락사스는 어디에 있나? 기껏

누더기 탁발승으로나 내몰린 낙화 한 무더기, 후루룩 불
어가
젖고 냄새나는 흙에 입술을 대는데

고양이가 쓰레기봉지를 뜯다가, 세워둔 트럭 밑으로
몸을 숨긴다 바닥에 라면발이 흘러나와 있다 어둠속
겁먹은 허기가 고개만 돌려 내 쪽을 살핀다
미안하구나 끼니마다 비명인 네 식사를 멈추게 한
나는,

—오늘도 아무에게나 들켰고 쉽게 손바닥을 보였단다
분노했고 치졸해져서 목젖이 부었단다 눈알이 뜨거워져 집
에 가는 길이란다

조용한 일

외진 곳이 지닌 순결을 오래 배회했다 버려진 텃밭 웃자
란 열무가
　꽃을 피워 은하를 이룬 곳

꽃의 다른 얼굴인 것 같은 나비떼가 낮게 팔락였다
　발레연습실 소녀들이 거울에서 거울로 옆모습을 꺼내며
미끄러지듯
　나비들이 자욱한 흰 반점에서 반점 하나씩을 꺼내 들여
다보고는 했다

사라진 소매단추를 좇아 풀밭을 뒤질 때 청색 저녁이 한
껏 기울어
　함께 찾은 적 있다

'한껏'이라는 기울기는 지극히 휘어 바닥에 스미는 각도
바닥은
　그때 먹먹하고 감감했다 그 감감한 깊이엔 또 한 층의 청
색 하늘과

양치기 여자의 풀밭이 있다 그건 가슴속에 오랫동안
지평선을 품어온 사람에게만 이루어지는 조용한 일

지구의 처마가 길어지고 저녁이 왔다 '아파트공사예정'
팻말이
순하게 귀가 젖었다 열무꽃밭으로 불러낸 푸른 프록코트
의 천국은
내 양들에 관한 얘길 듣느라 귀가 지워지는 것도 알지 못
했다

고양이 물그릇에 손끝 담그기

하느님의 날개는 너무 커서, 인간의 창문으로 들어오지
못해 슬프다
(그래서 내 창문으로 고양이 한 마리를 들여보내셨다)

고양이는 날개를 숨기고 내 등뒤에 잠들었다 몸을 돌려
고양이를 쓰다듬었다

잠들어서도 고르고르고르…… 대답해주는 걸 잊지 않
는다
발가락을 쫙 펴고 배를 길게 늘이고 몸을 젖히고, 그러
고는
여전히 곤하다 등뼈와 가슴뼈에 엄지와 장지를 대고 훑
어내렸다
아랫배에 이르기까지 훑었다 또 한번 골골, 고르고르……
고양이는 작고 따스한 악기
내가 유일하게 연주할 수 있는 손끝의 악기

고양이의 작은 하늘을 나눠덮고 고양이 등뒤에 잠들어

야지

　내 회색빛 하느님의 슬픔을 정답게 나눠써야지 하현달
처럼

　얇은, 흰 비누조각을 나눠쓰듯 사발에 담긴 찬물 같은 이
슬픔

　되도록이면 아껴써야지 서로 손끝을 담그며

　키득키득, 조그만 천국인 양

고구마를 깎다

창밖에 크고 낯익은 어둠이 와 있다 묶음의 실핏줄이 얼기설기 잇댄 몸통, 어둠은 폐활량이 크다 돌이킬 수 없는 *23.5도, 자전축의 기울기만큼 당신께 기운다*

어둠이 기른 착한 구근들, 통째로 소리가 생략된 고구마를 깎는다 근성처럼 아랫니가 근질거린다 고구마 생살에 잇자국이 남았다

당신과 내가 갉아먹은 것은 서로의 슬픔, 칼날에 묻어난 흰 혈흔이 명치쯤에 태생이 침묵인 것들의 지문을 남긴다 자줏빛 몸뚱이가 춥고 슬퍼 보이는 고구마, 우리는 일생 타자의 슬픔을 헐어 제 공복을 채운다

고구마 깎는 소리가 한때 꽃이었을지도 모르는 다족류처럼 식탁을 기어다니는 시간, 어느 물류창고에선가 설치류들은 자루를 뚫고 고구마를 갉다가 큼큼한 어둠속에서 또록또록 눈동자를 굴리며 고개를 갸웃대리라

쥐의 이빨이 제가 일용하는 슬픔에 줄무늬를 새길 때 칼을 쥔 손목에서 흘러나가는, 이 바스락거리는 노래는 어둠의 잔등에 어떤 무늬로 패는 것일까

제2부

슬픔의 문수

　허리께에 닿는 낮은 대문, 집 둘레는 빨강 노랑 자잘한 꽃
들로 가꾸어져 있다 떠오르다 가라앉곤 하는 섬 하나, 심하
게 다리 저는 남자가 그리로 가더니 한참을 구겨앉는다 고
개를 꺾고 꽃을 들여다보는 어깨 위로 투명한 얼룩 같은 햇
살이 어룽진다 나는 남자가 일어서 멀어질 때까지 먼발치
에 기다린다 그 자리로 가 앉아볼 요량인데 망설이다 그만
둔다 그의 슬픔은 문수(文數)가 커서 내게는 아무래도 헐렁
할 것 같다 한 꽃나무가 한 꽃나무를 위해 그러는 것처럼*
나는 참 이상하게 절뚝이며 길을 재촉해갔다

* 이상 「꽃나무」에서.

날개에 바치다

날아가라 날아가라, 11월의 잿빛 상공으로 새를 날려준 적 있다 새장 밖으로 밀쳐질 때 공포로부터 튀어오른 용수철 같은 첫, 날갯짓 표려히 새장을 버리는 새의 비행은 그때 한 줄 사라지는 기록이었다

모든 사라진 기록은 출렁이는 심연을 거느린다, 생(生)이란 기껏 가슴속 사나운 말 한 마리를 달래어 집으로 가는 길에 바쳐지는 것이지만 나는 문득 말에서 내려 하늘을 우러러 고개를 젖힌다

영혼의 어떤 거리는 여전히 비어 있다 다그쳐도 듣지 않는 마음을 끌고 홀로 투숙한 모텔—Plus Ultra*가 있는 거리, 그레고리오 낮은 선율이 흐르는 그곳을 더듬어 내 모든 발걸음은 치렁치렁 긴 그림자를 거느린다

개인이란 취향과 식음의 구별에 있다 편식이 심한 내 주요 식단은 흰 구름 또는 자색 구름에 버무린 날개요리와 화형대의 불꽃으로 빚은 붉은 술, 그리고 장미의 심장에서 길

어울린 신선한 피를 뿌린, 검정 부재(不在) 한 조각

　저물 무렵, 쥐스킨트 1가 향수의 거리에서 나는 향기 진
한 자두와 장식 깃털을 팔다가 그를 보았다 치마를 털고 일
어나 뒤를 쫓았으나 사람들 사이 놓치고 말았다 그를 찾아
몇세기를 헤매는 중 기억하느니 한때 나는 맹인이었다

　새 한 마리가 방 한가운데 날아들었다 새의 날개가 머리
칼을 스칠 때 나는 휘발되었다 나중에 곰곰이 생각해냈지만
그것은 신의 검푸른 가윗날이었다 발아래서 벨벳 찢기는
소리가 났다 궁창이 내려다보였고 한 목소리가 들려왔다

　　　　건너뛸 수 있겠니?
　　　　무서워요

　공포라는 심연을 건너면 다른 행성으로 갈 수 있다고 했
다 눈을 뜨자 늑골 안쪽으로 폭설이 들이치는 이상한 질병
에 걸려 있었다

녹슨 선로를 진입해오는 이 난폭한 기차는 어디로부터 떠나오는 것일까 길이 들어올려진다 길 한 끝이 기운다 길이 품은 늙은 벽시계와 퇴락한 성당의 첨탑, 해쓱한 낮달과 까페 헤밍웨이 나무계단이 펄럭인다 물소리 먹먹한 지도 앞에 오래 망설이던 신발들이 펄럭인다

9월의 습한 장미정원이었다 맨발인 나는 발이 시렸고 울 것 같았다 몇세기에 걸쳐 정원을 산책하는 그와 마주쳤다! 그가 신발을 벗어주었다 신발 속엔 새가 있었다 신을 신으려 하자 녹슨 철사로 옭매인 검푸른 새는, 그러나 놀랍도록 높이 솟구쳤다

짧은 해후, 역사(驛舍) 앞 횡단보도 붉은 신호를 받고 그는 멀어져갔다 잘 가라, 어둑한 손바닥이 내 왼쪽 어깨에 음각되었다 18:17발 용산행 기차표가 나를 올려다보았다 지상의 문법과 하늘의 양식이 놓은 레일 위를 저물녘 기차는 창이 많은 모스크처럼 사색적으로 미끄러졌다

혈관은 녹슨 핏물이 역류하느라 아우성이다 잔혹한 중세가 고개를 쳐들었다 늑골 안쪽에 날리는 깃털로 날개를 지었다 밤에 자라는 독초를 잘라 망또를 짰다 화형대 높은 장작더미를 기어오르는 내 무릎을 위해, 끔찍이 아름다운 연옥을 위해

어깨에 유난한 통증이 있는 날은 어깨에서 조도가 밝은 구름을 꺼냈다 구름은 물방울의 꿈이 밀어올린 새하얀 날개, 새떼처럼 구름이 펄럭였다 날개—하늘이 땅을 향한, 땅이 하늘을 향한 멀고도 처연한 구애의 몸짓, 공포에 매혹된 좌심실과 우심실에서 뻗어나간 양팔의 최대, 간극의 극복, 침묵의 심연과의 고독한 대면

아침에 눈을 뜨자 두근대는 새 한 마리 만져졌다 오늘 메뉴 역시 흰 구름 날개요리, 새를 꺼내 새와 함께 식사를 준비했다 새를 위해 그러는 것처럼 가슴속 그 많은 접시를 씻어 얹을 때 접시와 접시 사이 지워질 듯 맑은 새소리가 끼

어들었다

　한 줄 빛나는 요약으로 새가 날아간다, 험준한 기류의 능선을 차갑게 환기시키는 가벼운 듯 펄럭이는 노역, 새는 여전히 보이지 않는 공포를 건너는 중이다

* '그 이상의 것': 신성로마제국 카를 5세의 문장(紋章)이며, 황제와 하녀 간의 자연적인 사랑을 신적 사랑과 결합시킴으로써 보다 존엄한 사랑으로 그려낸 G. 르 포르의 단편소설이다.

어둠이 성의처럼 내려졌다

자귀나무 분홍꽃은 여름저녁 꽃

자는 거야? 눈 좀 떠봐
아파?

나무는 대답 대신 느리게 꽃을 흘렸다 망막을 스치는 꽃
술을 따라
아이는 깃털처럼 흘려졌다 저녁은 알 수 없는 깊이를 열
어가며
아이를 받았다

꽃의 동선이 허공을 그을 때 동공 속에 투영된 세계, *너는
이미*
아름다움 쪽으로 몸이 기울어 너는 장차 무섭도록 외로
울 텐데

아이는 수피를 어루만졌다 지워질 듯 맑은 얼룩이 손끝
으로 건너와

일생 배울 슬픔의 절반을 알고 말았다 일생의 저녁 앞에
서고 말았다

시간의 섬모들은 먼 후일 속으로 옮겨가 투명한 기호들
로 살아가지
마음의 점필 위에 손가락을 올리렴 나무에게서 받은 벙
어리 악기를 위해

어둠이 성의(聖衣)처럼 내려진 나무 아래 물잔 속에 빠뜨
린 얇은 알약처럼
아이의 테두리가 사라져갔다 어깨에서 팔을 타고
발잔등에 이르기까지

당신의 턱수염

당신을 들추고 당신을 밀친, 원시림이 들어섰다

목 밑을 타고 오르는 검푸른 숲을 바라보는 동공으로 불
빛이 번졌다
눈이 따뜻하면 영혼의 말초까지 온난기류가 흘러들어 내
안의 어린 계집애가
접시 위 푸른 풋콩을 엎질렀다 심장의 파안, 전신으로 웃
을 때 늑골을 만져보라
기뻐 구르는 영혼의 발꿈치가 만져진다 심장의 즐거운
펌프가 온몸의 조도를 높인다

난산의 산도를 뚫는 태아처럼 당신에게서 태어나고 싶던
아득한 옛날, 당신 등뒤에서
익히던 말의 배아는 어떤 몸을 얻고 있던 것일까

식물의 향일처럼 오래 남쪽으로 휘어 찾아간 당신의 은
빛 겨울 산채
성근 머리칼이 나는 아팠다 심연 같은 거리를 남기고 멀

어져가는 당신을 뒤로

　S역사 대합실 유리문을 밀다가 마주친 늙은 앵무새, 또렷하게 인화되는

　시간의 얼굴

　—눈발 쏟아지는 겨울저녁, 청색 창문을 가진 자는 *달그락 돌아눕는 별* 하나에 마음이 그어진다 흉곽 근처에 웅크린 움집 그을린 화덕에 환하게 살아나는 불씨 한 점 괜한 호주머니를 뒤적이며 길을 나선다 신발을 털고 불빛 안쪽으로 들어선다 불빛 너머 어룽지는 뒷모습은 모두가 당신이다

사과의 감정

젖은 얼굴을 반씩 나누어가졌으면 하던 때가 있었다

사과가 사무친다 칼날에 대한 사과의 감정이 그렇다, 씨
방 쪽으로
칼끝을 숙여 천천히 칼날을 앉혔다 씨앗의 방문 앞에서
잠시 멈췄다
사과조각 배열마저 당신이 구심이라니! 사과는 물기가
많다

괜찮니? 오른손이 왼손을 더듬으며 물어왔다 괜찮아……
슬픔은 슬픔으로만 어루만져졌다 검은 하늘에 온몸이 우
물인
둥근 창문이 떠오른다

바람 세찬 날 나무는 혼절할 것처럼 꽃을 비웠다
깜박깜박 잔별 져내린 자리에 연둣빛 풋사과가 돋았고
그리고 낙과의 하혈을 견디었다 사과나무는 만선이었다

달빛 반짝이는 양철지붕 아래, 과수원 안채에는
과육에 저며드는 칼날처럼 아름다운 사람이 찾아왔었다

호젓한 간격

　지난여름, 물이 빠지고 나니 허리밖에 오지 않는 물속에
익사자가 쪼그려
　　앉았더라는……

　강안(江岸)으로 내려갔다 머리 위로 보자기처럼 물을 둘
러쓴 사체는
　　술래를 기다리다 잠든 아이 같은 천진한 얼굴을 했을까?
새 한 마리
　　스치듯 지나가는 이곳은 입술이 푸르고 손끝이 시린
　　죽음의 여진들이 파르르 품속을 기어드는 이승

　물의 숨을 듣는다, 11월의 짙은 저녁이내 너머 지워질 듯
　　엷게 물의 숨이 짚인다 천천히 떼어 한 다섯 걸음 간격
으로
　　사라진 저편이 이쪽을 두드려온다

　늘골 아래로 밀려오는 물의 어두운 행과 행, 소리와 소리
　　호젓한 간격을 귓속에 어림잡는 이런 일들의 이름을

적막이라 가르쳐준 당신이 미미하게 겹쳐진다

당신을 듣지 않기 위해 달리는 게 전부이던 시절이 있었
다, 그런들
귀를 떼어놓을 수 없어서 당신께도 어쩌면 내가 잘 들릴
거라
믿기로 했던

멀리서 오는 물이랑은 다시 기슭에 와 부딪는다…… 자
락자락
다음 숨까지 한 다섯 걸음 기다려야 하는, 귓속 자갈밭의
일이다
내 어슴푸레한 저 안쪽 물기슭의 일이다

먼지야, 그때 너 왜 울었니?

벽과 창틀이 만나는 구석, 밀교의 행자처럼 정적에 든 쐐기나방 날개의 갈색 파도무늬, 먼지로 짠 섬유에 새겨진 정교한 비문(秘文)이 나를 창가로 불렀을 것이다

— 네 사랑을 펴봐

그대에게 내민 빈 손바닥 같은, 햇살 비낀 허공이 사금처럼 떨고 있는 하오

물병은 견고한 묵음으로 창가에 있다 낡은 정형외과 병실 흰 커튼은 침묵의 추종자, 물병 속에는 수평선이 걸쳐져 있다

재(灰)의 수요일, 사제는 이마에 재의 성호를 그었다 재를 받고 자리로 와 손끝에 묻혀본 부드러운 침묵

오래전 먼지의 내부 열점 하나가 나를 꿈꾸었다 하는, 없는 것의 자질이 번식하는 허공이다

—내 어디에 자리를 내드려야 되겠습니까?

나는 울먹이는 진주조개처럼 부드러운 속살 가장 안쪽을
열어 그 큰 음성을 껴안으려 했다

조개에게서는 사라져간
두 팔의 변형으로, 사라져간
두 귀의 변형으로

장미의 내용

12월의 장미를 뒤돌아보다가, 그 추운 불꽃에 곁불이라도

쬘까 하다가

제 무덤을 지키는 적막한 묘지기를 본다 저 얼굴은 죽음의 안쪽에서

새어나오는 불빛이므로 겹겹 봉인된 그의 안채는 얼마나 따뜻하겠나

죽음의 내용들이 발끝을 들고 장미를 건너간다 일테면, 골목에서 사라진

영아(嬰兒)와 참새와 비둘기와 새끼고양이와 늙은 개……

가볍고 아름다운 그것들은 홀연히 몸을 띄워 대기권 바깥

제 투명한 묘지를 찾아들었다 좀 있으면 흙의 일이 궁금해진

첫눈이 오고 아이들은 눈이다! 외칠 테지

사슴이다, 하는 것처럼

그런데 나는 왜 심장이 사라지나 흰 늑대가 되어 눈보라
처럼 하늘 복판을 펄럭이나
　심장을 쏟았으니 가슴이 다 패어 허공이 된 늑대, 바람이
된 울음을
　암청색 밤하늘에 풀어놓나

와우우, 운석의 꼬리 같은
창자처럼 긴 울음을

돌연 천공을 찢고 내려와, 폭설에 푹푹 발이 빠지며 내 하
얀 늑대가 다가오던
　기척, 귓가에 붐비던 숨, 더운 혀에 관한 기억들이여 안녕
　시절이여 안녕

아무 일 없이

이 풍성한 외로움의 배후는 당신이라는 저편이다 나무가
분홍 운무의 시간을 벗어 공중에 걸어두었다 고요한 내재
율이 못물처럼 흔들린다

텅 빈 공중에 유목의 세필(細筆)이 스친다 바람이 꽃나무
를 건너는 동안 높고 낮게 드러나는 파고를 올려다본다 발
밑 한 길 넘는 수심을 가장 높은 음역으로 밀어올린 꽃나무
아래 나는

꽃과 꽃 사이, 꽃잎과 꽃잎 사이는 성글다가 엷다가 불현
듯 깊어져 엎질러진 듯, 엎지르는 일은 없이 홀로 쟁쟁하다
바람 스산해지고 이동하는 벌판처럼 구름장이 밀려온다 낮
아진 조도 아래 꽃나무 깜박 어둡다

옅은 얼음이 자박자박 끼는 듯 차갑게 깊어진 분홍 마음
없이도 저무는 나무, 누가 내게 전지가위를 들려다오 꽃나
무 깜깜하다 구름이 나무를 건너는 동안 꽃들의 살얼음이
스러지는 동안

한 그루 꽃나무 햇빛 속으로 걸어간다, 아무 일 없다

장미와 바람은 다 어떻게 보존되나

이쪽과 저쪽, 사이의 엔트로피

성탄절 유리공은 소금 알갱이만한 흰 별들로 바스락거리지 그간 당신 지붕 위에 뜨는 별들을 모아봤어 시간이 장전된 구(球), 안쪽은 지금 무성한 여름이야

당신이 심고 간 선홍빛 장미가 말을 걸어와 당신을 선별하는 귀, 쎈써에 불이 들어와 그 목소리 벌판을 적시는 소나기를 이끌고 부서진 바람조각을 몰고 온몸을 건너가 내 몸엔 당신을 듣는 잎사귀가 너무 많아 자고 나면 가위가 필요해

시야 가득 지펴지는 말들의 불꽃으로 치르는 내 고유한 화형식 손끝을 빠져나가는 그림자를 지면으로 흘리며 나는 묻지 기록이 흘리는 검은 피, 쓴다는 일은 어디서 오며 정처는 어디인가

나는 숨쉬는 진흙덩이, 욕망이라는 사과 한 개, 필연을 품

고 날아가는 화살촉, 죽은 자들이 필자인 기나긴 연재, 태어
나지 못한 메아리들의 무덤, 탄흔으로 얼룩진 성전 내벽에
걸린 인류의 파편, 한 뭉치 열패감 그리고 구토, 그 모든 무
질서의 총계

오후엔 의자를 고쳐 앉지, 내게는 눈시울처럼 금세 붉어
지는 창문이 있어 노을 뒤편엔 카운트다운을 기다리는 심
장들 푸르고 떫은 산열매에서 노루 사슴 삵 은빛 치어떼에
이르기까지 영문도 모르고 뒤척이는 장밋빛 기척들

쓰는 일의 정처를 손이 알겠니? 진실은 토끼 발자국 같은
것 그곳에 토끼는 없단다, 한밤중 얼굴 없는 목소리가 내게
이르지 나는 그의 추종자 그의 그림자를 받아마시지 죽죽,
검은 죽처럼 돌이킬 수 없이

불꽃에 관한 한 인상

습격 같았어요, 맨 처음 그대를 보았을 때

먼발치 그 눈썹의 미동만으로도 나는 충분히 슬펐답니
다, 뼛속
지독한 불륜이 문제였어요, 피가 나쁜 여자였죠, 마녀로
분류되는

중세의 어느 시민광장이었죠 스커트 자락에 불길이 닿고
불길의 위무 속으로 잠기며 나는, 불꽃의 소요를 제압하
는 침묵으로
그대를 찾았어요 그대 눈썹에 앉은 눈발이 여전히 나는
아팠죠
형장의 마지막 숨결은 더듬더듬 무리의 어깨를 다독였죠
불길은 다만 외로운 집행자 골똘한 독재자, 나는 검불처
럼 흩어져
자욱이 흩날렸어요

진홍의 단죄를 선물처럼 나눠가진 사람들은 저마다 집으

로 돌아가

　모자를 벗어 눈발을 털어냈어요 지독히도 쓸쓸한 불의
냄새와 그을음을

　벗어 흙벽에 걸었어요 오, 양털처럼 흰 그대는 어디에 계
셨어요?

　─불꽃이 귀를 털고 일어선다. 확장된다. 불꽃의 점차 커
다래지는 동공 속에 오래전 여읜 생의 무늬들이 한껏 살아
난다. J의 시골집 뒷마당에 지핀 장작불 앞 불의 숭배자들,
이들은 대체 어디서 몰려온 눈보라인가 휘감아오는 열기를
맞으며 묵묵히 불의 소상(塑像)이 되어가는 얼굴, 얼굴들.
그날 수천 갈래 찢겨 울부짖는 화염은 차라리 고요했으며
고독한 춤이었다.

느리게 흐르는 책

1

어둠의 지문만이 느리게 흘러가는, 꿈속에조차 심상(心
象)이 없는 그에게

세상은 난청이 우거진 한 권의 책이다 행과 행 사이 한
음조씩 깊어지는

침묵을 더듬어 양떼를 몰고 어디로 갈까 장과 장 사이

구름 위의 항해, 어디에 양을 놓아 풀을 뜯길까 노을은 어
디에 걸까

2

짧은 바짓단 아래 자라머리처럼 두리번거리는 왼발과 오
른발을

내딛기까지 사뭇 휴지(休止)가 길다 2호선 환승역 엇갈
리는

사람들 사이 개펄에 던져져 실종된 밧줄 같은 그는

우주만한 수차바퀴를 돌리느라 셔츠 등판이 다 젖었다

64

3

지하철 비좁은 통로를 주춤주춤, 오래전 허공이 된 얼굴
을 쳐든 여자가

하모니카 부는 늙은 남자의 허리춤을 붙잡고 뒤따른다
녹슨 동전이

목젖까지 차오른 시간의 호리병에서 바람이 샌다, 삐익

하모니카 속 코브라가 길게 쉿소릴 긋는다

4

옥장판 실적 1위 외판원이던 중도 맹인 H씨: 점자도서관
에 나와 점필지와

정붙이는 데만 석 달, 세상에! 그의 손끝은 눈알처럼 따
뜻하고 보드랍다

그래야만 점필이 제 이목구비를 맡겨온단다 쓸고 더듬고
연애 일곱 달째,

일순간 빛의 지류들이 손가락 끝으로 몰려 뇌관을 터뜨
렸다!

얼굴 없던 침묵이 자음의 머뭇거림과 모음의 더듬거림을
엮어 구체를 건넸다

굳은 입술을 비집고 발화된 일렬 문자의 별자리…… 목
구멍으로 밀물 지는

뜨거운 파도, 그때 그의 제단에는 새로이 빚은 떡과 술이
올려졌던 것!

성체[*]

꿈은 마을과 마을을 유전한다 머리 위로 원반처럼 날아다니는 초월의 힘을 나는 믿는다 그러므로 내가 종종 샤갈의 밤하늘을 가지는 건 이상할 게 못된다 영(靈)의 통일성이 점유하는 세계가 아니라면 내가 어떻게 그의 양탄자를 타고 밤하늘을 날겠는가 오늘은 *장미를 출력하는 잠, 장미 정원이 내뿜는 향기로 진동하는 잠에 대해* 조금만 말할까 한다

어떤 사람이 꿈에 에덴동산에 갔다가 그 증표로 꽃을 받았는데 꿈에서 깨어보니 꽃이 정말 손에 쥐어져 있더라는,

「콜리지의 꽃」에 부쳐 나는 쓴다―꿈에서 깨어 그 입가에 미소가 여전하다면, 코끝을 맴도는 향기가 여전하다면 그는 에덴을 다녀온 게 맞다 게다가 바짓가랑이와 엉덩이에 묻혀온 그곳의 사금은 곳곳에 떨어져 반짝일 것이다 그 여운은 꽤 지속될 것이다 다만 홀연히 사라졌어야 하는 꽃에 대해서는? (……) 알량한 알리바이가 문제라면 순간! 망각하는 우리의 저 도저한 습관을 들여다보라 그는 모두가 두고 온 꿈의 패스포트를 쥐고 왔을 뿐!

당신이 만일 다시 이런 꿈을 꾼다면 창가에 놓인 그 많은 날개의 겹을 지닌 치자꽃 망울이 그 증표다 집에서 40킬로미터 바깥 시민광장, 이제 막 꽃망울을 터뜨린 붉은 작약이 그 증표다 잠든 눈꺼풀을 쓸고 가는 꽃들의 혀, 잠든 자의 콧구멍에 불어넣는 꽃들의 숨, 하다못해 머리맡에 걸린 드라이플라워 마른 입술이 종알거리는 기도문이 그 안내를 맡았으리라 도처에 배치된 비밀요원―제 소임에 충실하느라 말을 반납한 자들의 통로, 꿈속 낯익은 꽃들이여 우리는 기왕의 천국을 까먹고 있을 뿐이다

새벽녘 나는 붉은 장미성체를 혀 위에 받는 꿈을 꾸었다
사제 몰래 손바닥에 뱉어 확인한 꽃잎의 은유, 누가 꽃을
따서 내 입에 넣었나? 이천여년 저쪽 노을 비낀 해골산, 로
마 병사의 창에 찔린 나사렛 남자의 옆구리에서 뚝, 뚝, 뚝,
듣던 핏방울 그 혈흔이 내게 관여한 꿈! 우리는 *참 많은 씨*
앗의 여지를 잠 속에 묻어두었다 잠, 그 따뜻한 무풍의 나
라 통증이 멎는 나라에

* 빵과 포도주의 외적인 형상 속에 실제로, 본질적으로 현존하는
예수 그리스도의 몸과 피. 사진은 1800년 된 바위동굴(씨리아
다마스쿠스 갈라문 산) 성(聖) 쎄르기스 성당 지하에 있는 포도
주 제작시설로, 지금도 영성체 때 쓰이는 포도주를 천년이 넘은
이곳에서 만든다고 한다.

어머니의 나무주걱

어머니의 노(櫓), 나무주걱은 아래쪽이 닳아 있고 그곳에
뜬 하현달은 하염없었다

쌀을 퍼서 물에 담근다 한바닥 물에 잠긴 쌀알들이 저희
아래 물새알이라도 감춘 듯 한결같은 표정이다 들여다볼수
록 착해지고 싶은 쌀

최씨네 봉제공장이 있는 독립문에서 충정로 뒷길 지나
아현동 비탈길을 올라 어머니 저문 대문을 들어서네, 부은
발등에 물을 끼얹네, 서둘러 밥을 짓네, 우묵한 양은솥이 밀
어올린 온난전선, 잎잎이 순정한 어머니의 꽃잎, 더러는 드
문드문 밤콩이 놓여 주걱 위의 가난은 혀에 달았지

밥물이 끓는다 눈보라가 끓는다 능선이 솟는다 꽃잎으로
잦혀진다

주걱에 묻은 밥알 떼어 입에 넣다가 울컥 뜨겁다 사는 일
이 달그락달그락 밥 차리는 일이다 밥냄새 피워올리는 번

제, 식탁에 둘러앉는 일이다 길 위에 덩굴지는 밥그릇 행렬
이다

연둣빛까지는 얼마나 먼가

오후 4시 역광을 받고 담벼락에 휘는 그림자는 목이 가
늘고
어깨가 좁다 고아처럼 울먹이는 마음을 데리고
타박타박 들어서는 골목

담장 너머엔 온몸에 눈물을 매단 듯, 반짝이는 대추나무
새잎

저에게 들이친 폭설을 다 건너서야 가까스로 다다랐을
새 빛
대추나무 앙상한 외곽에서 저 연둣빛까지는 얼마나 멀까

잎새 한 잎, 침묵의 지문 맨 안쪽 돌기까지는 얼마나 아
득한
깊이일까 글썽이는 수액이 피워올린 그해 첫 연둣빛 불
꽃까지는

제3부

안개

　구름이 사람의 마을로 내려와 어슬렁거려요 가로수 늑골
밑으로 손을 넣어요 나무는 폐활량이 늘고 사람들은 흰 토
끼처럼 집 속에 웅크렸어요 고구마 무 당근 따윌 깎아먹으
며 소일한 게 이 겨울의 전부예요 칼날이 가만가만 소리를
일으켜요 적막이 한 꺼풀씩 옷을 벗어요 무를 깨물었어요
입속에서 이빨이 반짝거려요

　축구장 세 배가 된다는 지하 물류창고가 전소했어요! 말
짱 거짓말처럼 얼굴이 지워진 40구의 사체, 안전화 속에서
창백하게 안전한 발들의 일련이 안개 속에 드러났어요—
그들의 전모는 외로움과 가난, 남편의 발을 한눈에 알아보
고 신발을 끌어안은 아내는 그후 안개에 묻혔어요 안개는
무덤의 다른 이름이에요

　연일 은발을 풀어헤친 안개가 그 많은 입술의 애무를 귓
가에 퍼부어요 *몸이 자주 바다로 기울어요* 그곳으로부터
연일 습한 바람이 불어오고 당신이 자주 꿈속에 보여요 바
닷가 고래 수선소에 맡긴 구두를 찾으러 갔는데 안개가 너

무 짙다며, 구름이 산책을 다 마치고 가면 내가 가서 고래
를 불러볼게요

내 무릎 속 사과

수업을 마치고 나오는데 우주의 뒤뜰처럼 사위가 고적
했다

텅 빈 운동장이 코앞으로 굴러왔다 어어, 어떻게든 피해
보려고 몸을 휘며

팔을 뻗었다 3개월짜리 계약직은 절대로 넘어지고 싶지
않았다, 그건

고립된 조난처럼 외로운 일이니까

균등한 속도로 아마도 영원 같은 순간을 나는 세상의 바
깥으로

고요하게 휘돌아나갔다 수억의 초침이 분해되어 깃털처
럼 흩날렸다

어어, 하는 사이 중력을 제어하는 큰 손바닥이 다가와

몸의 기울기를 받아안았다 지구와 함께 탱고를! 지구 자
전에 스텝을 맞출 때

공전의 궤도 쪽으로 스커트 자락이 한껏 날렸다 어깨 위
로는 순간의

광휘가 쏟아졌다 *23.5도 기운 내 중심축*이 팽이처럼 위잉

울었다

　나는 전신으로 반응했다, 그러므로 존재했다

　지구의 짧은 턱수염에 왼쪽 뺨이 스쳤을 뿐 넘어진 건 아
니다
　옆구리를 치고 들어온 허방을 짚고 천천히 몸을 일으켰
다 이곳은
　사막의 모판, 사람들은 서로 다른 사막을 분양받아 키운다
　하오의 모래밭에서 숫된 관능의 냄새가 났다 공중 복판
에서 들끓던
　태양이 뚝뚝 증류된 냄새였다 나는 지구의 물병에서
　신선한 물을 조금 얻어마셨으면 했다

　사실은 어어, 하는 사이 뉴턴의 사과가 굴렀던 것이다
　바닥에 사과가 닿던 맨 처음 자리, 무릎에 남은
　검은 멍자국이 그 근거다

서쪽을 불러들이다

사과창고는 사실 서쪽 하늘에 있다 이곳에서 서쪽은 시럽처럼 줄줄
　저녁노을을 흘리는 윈도우, 까페-애플의 전면을 통과해야 한다

　그곳을 거쳐 여름으로 난 길을 걷다보면, 하늘벌판 외딴성 성문을
　와지끈 열어젖히고 뛰쳐나가는 푸른 갈기의 사자를 만날 것이다 그때
　파종을 마친 하느님이 번쩍, 어찌나 빨리 들어가시는지!

　암튼
　쌀이나 사과, 양이나 토끼, 물고기의 씨를 더 꺼내러 가시거나
　성안에는 어마어마한 씨앗창고가 있는 거다

　악수 도중 손을 놓친 손바닥 같은, 통화중에 끊긴 수화기 같은

무안하고 멋쩍은 날들 공을 놓친 아이처럼 손바닥 속 허
공을
  전화기 속 하수관을 자주 들여다보았다 지난여름 유산된
태아들의 울음소리가 낭자하게 들려왔다

  지금 창 아래는 조용하게 출렁이는 햇살, 하느님의 붉은
혁명을 끌고
  사과장수 트럭이 와 있다 헌것 받고 새것 주겠다니 혁명
이다

  태아들의 따뜻한 머리통 같은, 지구의 뇌관 같은, 호루라
기와 휘파람
  바람에 날리는 스카프가 들어 있는 붉은 병, 사과를 나는
좋아한다
  사과창고 커튼이 내려지고 빗장이 걸리기 전 서둘러

  전면에 서쪽을 불러들인 유리의 집, 까페-애플로 가봐야
겠다

난감

차라리 들고 있는 체리시럽을 엎질렀으면 좋았을걸!

여자가 그만 노을빛 제 속내를 흘리고 말았다 어떻게든
상황을 주워담아보려고 허둥대다 남자의 어깨에 이마를
비벼댄다
저거, 무슨 인사법인가 그러다가는 놀라 황망히 이마를
뗀다
가슴속 사과가 와르르 몰렸다가 제자리를 찾는다

그때 세상에는 없던 향기를 왈칵 쏟았던 것인데……

눈물의 금속성

울긋불긋 웃는 얼굴이 가면을 쳐드는 일이었다 만발한 가면들
　사이 내 얼굴을 가만히 내렸다 눈물이 한 점 피어올랐다

씨앗 하나 움트는 정도 사소한 균열, 그것은 내부 어딘가 금 가는 것에서 시작돼
　막장을 빠져나가는 탄차처럼 덜컹거린다, 생애 한두번은
　전기충격을 가한 것처럼 격렬하게 덜컥거린다

목울대가 꿀꺽, 파랑 물고기를 삼킨다 수위가 넘친다 미간이 흐려지고
　눈동자에 분홍 실뿌리 번진다 눈물 핀다 아슬아슬 경계에 걸쳐진 투명한
　꽃, 출력된다 파랑주의보 미간을 지난다 수평선이 펄럭인다 바다를 엎지른
　너는 고개를 묻는다 무릎이 수통을 받는다 물고기가 수통벽을 텅텅 친다
　수통에서 탱크로 탱크에서 저수지로 모든 수로는 바다

로! 바다로 간 물고기는
　창이 많은 기선이 되어 수평선 너머 멀어져간다

　사람들은 저마다 바다를 품었다 저마다, 바람을 풀어놓
은 초원을 품었다
　검게 빛나는 석탄층을 품었다 사하라를 품었다 그러므로
바람, 석탄, 모래, 기타
　내부자원에 따라 눈물의 유출경로와 성분과 체위는 다르
다 삐까쏘의
　기하학적으로 우는 여자에게서는 잿빛 게르니까*가 흘러
내렸다

　당신에게도 눈물의 금속성이 지나간, 붉게 긁힌 자리가
있을 것이다
　어쩌면 그곳에서 생의 이삿짐은 다시 꾸려졌을 것이다
새로 옮긴 집
　빽빽한 창틀을 두드려 열고 껌벅이는 형광등을 내렸을
것이다 간이레인지를 찾아

푸른 불꽃 위에 찻물을 올렸을 것이다 눈이라도 쏟아질
것 같아……

창밖 흐린 하늘을 올려다보았을 것이다

* 삐까쏘 「게르니까 대학살」

치자꽃

흰, 빛이 눈을 가리자 꽃은 이내 혼미해졌다

총성이 울리고 꽃의 고도(高跳)가 이루어졌다 솟구치는
꽃잎이 정원에 낭자하다
그가 너덜너덜해진 꽃가지를 움켜쥐었다

밤마다 회랑을 어른거리는 검은 씰루엣이 팔을 들어 천
천히 줄을 당기고는
했어요, 끊일 듯 이어지는 단두대 종소리가 점차 가까워
와요 너무 간절하게
이어지는 종소리 내게 무슨 슬픈 전설이 있었을까요

자욱한 수증기 너머 욕실 바닥을 밟아오는 발소리에 꽃은
잔혹하게 찢기고 싶었다, 끊임없이 알렐루야를 읊조리는
검은 망또의 그가 희푸른 대리석 기둥의 신전 안쪽으로
사라졌다
그의 장대한 뒷모습이 띄워올리는 그레고리오 선율을 모
가지에 휘감아

아득한 죽음에 이르고는 하던 시절, 음악이 피워올린 분
향이

욕실을 메웠다

정작 처형된 건 그였다 그의 어깨 한쪽이 뚝뚝 지고 있
었다

식사

　―우리 집에 놀러 오세요,

　우아한 풀밭 식사를 하고 온 날 이야기에 낄 적마다 입에서 돌멩이가 덜그럭거렸다 그을음이 새어나왔다 아는 척, 뜨거운 푸딩을 삼켰다! 목젖이 부었다

　채소가게 여자가 고구마줄기를 벗기다가 발로 밀치고 수저를 든다 저녁치곤 이르다 발부리 바짝 김치사발이 놓였다 저녁해 거대한 바퀴 따라 위장의 역사가 구른다 시큰한 삽날이 지나간 밥사발에서 구곡간장에 이르는 먼 길 따라 밥덩이 은하처럼 흐른다

　절반을 여읜 절반이 검정 고무에 싸여 장바닥을 쓸고 간다 사내가 밀고 가던 좌판을 멈추고 담배를 꺼내문다 도수 깊은 안경알 속 내리뜬 눈꺼풀이 바르르 떨렸던가 물 한줌을 움켜쥐듯 라이터 불꽃을 감싸며 담배 한 개비의 지독한 위안을 빨아들인다 움푹 패는 두 뺨, 그의 코끝에서 푸른 안개가 떠돌 동안 한 세기 저물던가

어둑한 밥그릇에, 나프탈렌 됫박에 하루해 떨어진다 변두리 재래시장 끝자락, 잔등이 능선 그림자가 긴 묵묵부답들 목젖 부을 것도 없는 저녁해 붉은 푸딩을 삼킨다 동전닢만한 하루가 사라진다 빈 손바닥이다

물푸레나무를 보러 갔다

이 도입곡은 빗줄기에서 시작된다 전투경찰처럼 검정 구
름장이 밀려왔다
　이내 거친 빗방울이 후둑였고 돌발적으로 남자가 튀어나
와 우산을 받쳐주었다
　당신은 쌀바도르 달리의 개미떼에게 점령당하는 복숭앗
빛 여인 초상화를
　본 적 있나?

　내게 한 장 구석 LP판이 걸리었다 이따금 먼지에 걸려 튀
는 바늘 끝에 장미가
　맺혔다, 음반이 점차 속도를 늦추며 넘실대는 저수지가
들어섰다 물가 쪽으로
　발을 뻗어보았다 그림자가 길어졌다 길어지고 치렁대는
건 잘라내야지
　모든 목록을 삭제했다

　우산을 받고, 현장을 들르는 범죄자처럼 빗속에서, 그의
전화번호를

눌러보았다─지금 거신 번호는 결번입니다

넌 사라졌군, 손끝을 빠져나간 메아리가 사방으로 흩어
져 비를 맞았다

음반이 멈추었다

물푸레나무를 보러 갔다 눈을 감고 양팔을 벌렸다 발바
닥의 기억들을

사금처럼 흘려보냈다 뿌리가 내릴 것 같다 하늘로 목을
쳐든 것들은

제 외로움이 구심이다 바람 많은 날, 바람에 머릴 감은 물
푸레나무는

물기슭 너머 더 멀리까지 머리칼을 풀어 푸른 물감 같은
종소리를 흩날린다

화공

저항은 극렬했다, 사냥감을 에워싼 무리 중 한 사내가 숱 많은 머리칼을 양손으로 쓸어넘기며 사태를 관망했다 이마가 높고 턱이 완강한 사내, 그는 지혜로운 우두머리 쿤이다 무리는 놈의 주의력을 분산시키느라 흩어지다 엇갈려 모이고는 했다

동굴로 돌아온 쿤은 더운 고깃덩이와 윤기 흐르는 내장을 여자 앞에 부리고 쓰러졌다 흡족한 미소를 흘리며 여자가 쿤을 끌어당겼다 쿤의 눈빛이 슬픈 듯 거칠어지며 여자를 밀쳐냈다 옆구리에 상처가 깊은 쿤은 다음 사냥에 나갈 수 없었다, 여자의 풍만한 젖가슴과 널찍한 엉덩이는 뭇 사내들의 마음을 흔들었다 무리의 2인자이던 사내가 사냥에서 돌아와 여자 앞에 한 자루 질 높은 고깃덩일 부리고 갔다 사내의 뒷모습을 지켜보던 여자의 얼굴로 보일 듯 말 듯 미소가 지나갔다

몸이 기운 쿤은 벽에 한 손을 짚고 그리는 일에 몰두했다 사냥감의 필사적인 움직임을 따라 급소에 창이 꽂히는 순

간묘사에서는 환희와 절망이 뒤엉킨 핏빛 비명이 들릴 듯했다 암벽의 도드라지고 파인 곳을 그대로 살려 입체감을 살리기도 했다 곁에서 쿠밍이 황토와 붉은 철가루, 흑연가루를 짐승기름에 개었다 쿠밍은 몸이 가늘어서 값을 치지 않는 여자다 그들은 보랏빛 히아씬스 들판을 그리자고 했으나 마땅한 물감을 찾을 수가 없었다, 보랏빛은 어디서 구할까요? 쿤을 올려다보았다

─*저 밤하늘은 또하나의 풀밭이지* 저기 봐, 얼마나 많은 파란 영혼들이 반짝이는가를, 우리가 사냥한 짐승의 혼들도 저곳에 살아…… 사위는 고적했다 띄엄띄엄 말을 잇는 쿤을 따라 별을 더듬는 쿠밍의 눈에 첫 우주가 들어섰다 옆을 돌아보던 쿤이 목덜미를 흐르는 쿠밍의 머리칼을 귀 뒤로 넘겨주었다 봄밤이었고 쿠밍은 이전의 쿠밍으로 돌아갈 수 없다, 쿠밍의 가슴에 보랏빛이 자욱했다

* 이 시는 김의규의 미니픽션 「신생대 신여성」에서 소재를 빌렸다.

천진

인간의, 위험한 마을로 유인된 고양이에 대해
봉쇄된 밥통으로 어둠속을 흘러다니는 유령쯤으로 아는

이곳은 더이상 사람의 마을이 아닐지 모른다, 녀석의
아직 덜 여물었을 발톱이 헤집어놓은 쓰레기봉지
옆구리엔 일회용 아기기저귀가 비어져나와 있고
노란 똥이 흘러 있다

쓰레기봉지 뚱뚱한 몸피에 뺨을 댄 새끼고양이 한 마리
가을장마 잠깐 비킨 햇살 아래 뱃구레를 내놓고
입가에 묻은 똥을 핥으며 휴식중인데 비애스런 천진이
내게 말끄러미 눈 맞추는 것인데

'햇살 아래 고양이는 금빛 지점'이라 적어둔 어느날의 메
모를
나는 슬그머니 감춘다, 햇살 아래 고양이는 밀랍처럼 병
약하다
햇살 아래 고양이는 입술이 질린 한 포기 젖은 꽃

햇살 아래

영문도 모르고 고동치는 심장과 뒤척이는 위, 포유류 2억
5천만년의
무섭고 슬픈 깊이―고요한 생식기의 역사와 물감처럼
저를 흘리며
모퉁이로 사라진 꼬리의 잔상이 차례차례 나와
은종처럼 울었다

고전적인 작별

이것은 공중에 묻힌 생혼화석에 관한 이야기

—앓을 만큼 앓는 것이 차선의 치유라고 전화선 너머는 말했다 최선은 피해야 하는 거냐고 묻고 싶었지만 내 귀는 녹슨 환풍기를 건드리는 바람소릴 듣고 있었다 바람은 니켈망치로 맞지 않는 창틀을 두드려보기도 했다 하늘이 잿빛 보자기를 펼쳐 저녁 비둘기를 낮게 펄럭였다

사람들의 그림자가 수초처럼 길어져 있었고 까페 안쪽 두 개의 유리잔은 날카롭게 빛났다 공중에 정지한 차가운 두 유리질은, 서로를 느리게 미끄러졌다 미끄러지며 붙들리던 순간의 의미는 서로 달라도 좋을 것이다

태연을 가장한 시간의 친밀을 어떻게 다 밀어낼 수 있었을까 그때 내 유리잔 속 수평선 아래는 분홍 눈발이 깃털처럼 쌓여갔다 그날의 눈은 산호 군락을 지어놓았다 바다 밑 높고 낮은 구릉 위에 부서질 듯 위태롭게

어떤 생은 최선의 방법으로 차선을 택한다―차선은 최선이었을 뿐, 상황이 그렇게 흘렀을 뿐 *기차는 고전적으로 움직여갔고* 평원이 내다보이는 시야 속으로 서로를 비추는 두 개의 거울이 높게! 마주 빛났다

수통 속의 천사

1951년 6월 26일~9월 21일, 철원군 근남면 남쪽 중
부전선 비무장지대 가장 치열한 전투가 벌어졌던 철
의 삼각지대에서 무명 전사자의 으깨진 두개골과
팔, 다리, 갈비, 정강이 뼈가 발견되었다. 유해 주변
엔 녹슬어 부슬대는 철모, 수류탄, M1 소총 탄창, 탄
띠, 대검, 압박붕대, 숟가락 등 유품 122점이 있었다.
그 옆에 수통이 있었다. 밀폐된 수통 속엔 전사자가
마시다 남긴 55년 된 물이 있었다.

—2007년 3월 국방부 발표

부슬부슬 부스러지는 시간의 붉은 외피, 수통 뚜껑을 비
틀자 어둠속에 검게 눈 뜨고 있던 천사가 무거운 눈꺼풀을
내렸다 오래 미룬 잠을 자고 싶었다 55년간 지켜낸 소임을
내려놓아도 좋을 것 같았다 그 눈동자에 담았던 전사자의
담즙을 쏟았으므로!

나침반

운다

……

달래도 듣지 않는다

그곳
문간이
망연하다

저 파들대는 짐승,

목에
맑은 울음이 고여

빠스깔의 파도

(자연은 점진적으로 움직인다─AA.)

자연은 갔다가 돌아오고─AA.

다시 더 멀리 갔다가 그 두 배만큼 돌아온다─AAA.

AAAAAAAA··AAAAAAA
AAAAAAAAAAAAAAAAAAAAAAAA··
AAAAAAAAAAAAAAAAAAAAAAAAAAAAAAAAAAAAAA··················
··························∞

어머니, 나는 흰 파도 레이스를 머리까지 끌어덮고 잠이 들었어요, 그리고 긴 꿈을 꾸었어요, 어린 방게를 생각해낸 내 왼쪽 새끼발가락이 멀리, 모래톱 너머 가서는 여태 돌아오지 않아요

제4부

눈보라는 어디에 잠드나

눈보라는 어디에 잠드나, 몰아치던 눈보라가 엎질러진
탕약처럼 대지에 잠잠하다
 꽃을 받으려고 삼베를 끊어두었다

 우후우우······
 은발을 풀어헤친 혼령들이 백년을 보폭으로 바다를 건너
온다 지구의 어느 곤고한 시절
 참 비정한 세월에게서 버림받아 굶어죽은, 수줍고 겁이
많아 노략질은 꿈도 못 꾼
 거인족, 살아서 일생 보랏빛으로 얼어 있던 느빌림의 한
사내
 창세기 6장 4절에서 사라졌던 그가 천년 눈사태 속에서
꾸역꾸역 기어나온다
 갈가리 해진 품안엔 마디 뭉개진 손가락으로 그러안은,
여자에게 신길
 꽃신 한 켤레

 그리고 제비꽃이 피었다

글썽이는 봄바다 거대한 동공 속에 제비꽃 흔들린다, *한 송이 적막 한 송이 우주 속으로*

눈보라 혼령들 죄다 몰려와 언 몸을 누인다 두 발을 뻗는다

유리

엄마 가지 마!

남녀의 악다구니 끝에 아이의 푸른 울음이 낭자하게 풀
리는 새벽녘, 아이 하나가
　신발을 끌며 엄마를 부른다 풍비박산 유리조각 출렁이는
골목길을
　앳된 발바닥이 저 혼자 다급하다

　설거지통 다른 일상과 게으르게 몸 섞던 유리컵 하나가
뚝, 길게 금 간다
　돌연 유리컵의 혈맥이 끊긴다 제 몸의 결속을 푼다 아아
아…… 규사 알갱이
　하염없이 하수구를 흘러나간다

　모래알 모서리에 반뜩이는 빛의 눈물로부터 맨 처음 누가
　유리를 길어올린 것일까 눈물의 공명만을 퍼올려 순간
정지시킨 스크린,
　유리의 텅 빈 얼굴

102

엄마 가지 마……

그 너른 은하에서 달그락달그락, 부딪치며 더듬으며 가

까스로

우린 만났는데

그리움 어그러지는 소리 아득하다 설거지통에 쌓인 게으

른 일상이

귀가 커진다 골똘해진다 딱 딱 딱…… 점점 느려지고 희

미해지는

발자국 멀어진 쪽으로

바람벽화

그.

여백에 태어난 어떤 글자의 모서리는 바람을 일으킨다
바람은 바람을 읽는 충혈된 눈에서 불어났다 눈알을 휘도
는 바람은 싸이렌 소리를 내며 눈발 자욱한 거리로 나를 내
몰았다 그렇게 몰리며 나는 점차 바람이 되어갔다 깊은 밤
창가에는 바람인간이 어른거린다 특기할 건 바람에게도 척
추가 있다는 사실이다 *꿈속을 불어가던 바람이 진주빛이
도는 푸른 척추를 보여주었다* 잠에서 깨어 꿈의 껍질을 찬
찬히 비벼보았다

소소한 말들이 불안하게 떨고 있을 때 그가 말들의 꽃잎
을 뚝뚝 따서 날리며 앞을 가로질렀다 풍파, 바람이 확장되
었다 벽이 허물어지려는 위기를 향해 손을 뻗었다 공포 쪽
으로 뿔을 돌린 짐승의 굳게 항거하는 뒷다리, 찢어질 듯
팽팽한 장딴지근육이 첨예하게 살아났다 누가 장딴지에 메
스를 댔다면 분수처럼 피를 뿜었으리라 공포는 내가 누대
에 걸친 포유동물이라는 걸 환기시켰다 우리 두뇌층에는
포유동물 진화 2억 5천만년에 걸쳐 형성된 메아리가 있다

(고 한다) *어두운 시야 속으로 척추에 화살이 꽂힌 사슴이*
달린다, 사슴은 달리는 것만이 저를 사수하는 것인 줄 안다
사슴은 바람이다

나는 타전되지 않았다 영혼에게도 뼈가 있어서, 영혼이
뼈를 앓아누웠다 머리맡에 목이 긴 화병처럼 고양이가 앉
아 있다 가지런히 모은 앞발이 화병을 지지하고 있다 발가
락뼈와 턱뼈를 차례로 만져본다 손끝에서 뼈들이 환하다
뼈들은 죽은 듯 소란하다 한밤 적막을 찢는 고양이 울음은
다른 고양이의 뇌관을 일시에 교란하는 긴 파장을 가졌다
종(種)의 척추다

간빙기 너머로부터 *포유류의 메아리가 아아아*…… *귓전*
을 날아간다 바람을 찢고 튀어나온 석기인의 고함소리, 횃
불을 든 석기인의 떨림과 주홍빛 들소의 비명이 온몸에 번
진다 돌 쪼는 자의 더딘 손으로 녹슨 바람을 끌고 이 거리
를 통과하는 나는, 저 어두운 선사로부터 전송중인 메아리,
바람의 척추다

달과 잔

달,

남자가 선창하자 달, 여자가 복창했다 윗니와 아랫니 사이 붉은 혀가 물렸다
남자가 젖은 머리칼을 묻어오고 몸피 큰 물고기가 늪을 미끄러져왔다

하늘에는 배불러 돌아온 금빛 어족, 달은 지금 산란기
밤이 작은 질서들에게 팔베개를 내주는 시간 지도에는 없는
작은 섬, 남자는 동쪽에서 여자는 서쪽에서 표류해왔다
달과 여자는 본래 어족(魚族)이었다

―보름달이 홀연 황금 갈고리 달린 열두 밧줄을 던질 때
저 깊고 푸른 조수가
항만으로 당겨지는 눈부신 인력을 딛고 나는 당신한테
왔어

―내 잔은 당신께 넘치네!

남자가 여자에게 잔을 기울이자 여자는 초승에서 상현으
로 차올랐다

지상에서 가장 작은 제단을 차리던 달 교도
먼 옛날, 여자와 남자는 보름달이 떠오르면 작은 동산에
올라
양귀비꽃밭을 미끄러지는 비단뱀처럼 서로에게 입문하
곤 했다

그날의 아득한, 첫 의식 이후 집요하게 전승된 이 의식은
온몸이 젖어
금빛을 산란하는 저 달에 기원을 두었다

낮은 웃음소리가 들려왔다

자신의 상여를 메고 극지를 향해 걸음을 떼었을 묵묵한
행군
생과 몰의 연대가 그 얼굴에 동시에 머뭇대는, 광대뼈가
나오고
빛깔이 누런 인종, 바다에 유실된 주검들은 지금
시간이 내뱉은 방향 어디로든 새 거처를 배치받았을 것
이다

없는, 함선들이 얼크러져 난장이다 없는, 소금가마니
없는, 놋쇠 제기와 흰 옷가지가 솟구치다 가라앉는 차마
잠잠한
저 바다는 살아서 숨쉬는 상처, 육질의 신음

없는 함선, 선미 쪽 홀수선이 말을 더듬는다 내게는 당신
이 모르는
옛일이 있다 머리칼을 풀고 수세기 해안을 배회하는 바
람의 거친 듯 뜨거운
눈빛이 두려워 당신 옷소매를 거머쥐었다 천년 전, 우리는

바위섬이 바라보이는 이곳에 살았다 그물을 깁는 당신께
모시 잎사귀에 싼 보리떡을 내왔다 소쿠리엔 구운 생선
이 두 마리
머루랑 다래……, 해풍은 당신의 검은 머리칼을 희롱하
다 그늘진 소쿠리를
들여다보았다 바닷가 외딴집 소소한 내력을 간섭했다
저녁 어스름이 기어든 외딴집은 말을 더듬거나 멈칫거
리며
손을 입에 가져가 흘러내릴 듯 낮게 웃고는 했다

그해 나라에는 전란이 있었고 물길을 헤쳐 당신은 먼 길
을 떠났다
작은 짐승이 잠든 것 같은 바위섬을 향해 내게는 아직도
불어 끄지 못한 등경이 있다 그날의 나지막한 웃음소리
가 있다
우리는 얼마나 먼 데서 흘러온 시간들일까? 곁에 있으나
닿을 수 없는

나무에 기대다

산 정상에 양귀비꽃밭이 있다는 말 있으나 오르지 않았다
　풍문으로만 자욱이 시야를 떠도는 꽃밭 자백하라, 자백
하라,
　목구멍에 꿈틀대는 노을을 산등성이에 뱉고 하산하고는
했다
　가고 오는 것의 접경에 세운 수비병 같은, 나무에 기대다
　내려오는 게 봄날의 전부였다

　말발굽화석처럼 드러난 나무의 잿빛 근골이 부슬부슬
　붉은 흙덩이를 흘린다 뿌리는 꽃보다 간절한 기도로
　가파른 경사를 조금조금 늦추는 것이다 기운만큼 끌어당
기는
　비탈에 선 나무는 순간순간 얼마나 저를 통어하는 것이냐
　그 악력이 밀어올린 푸른 파동

　한 평 남짓 나무의 말을 공중에 걸어두고
　내려오는 게 봄날의 전부였다

축제

　사물의 밑바닥에서 졸고 있던 혼란이 관습의 그토록 튼튼한
뚜껑 밑에서 폭발했어*

　내 안의 뭔가가 함부로 휘저어질 때, 자신의 침묵에서 떠오른 아름다운
　섬, 당신이 있었어 온몸의 솜털이 그리로 누웠어 그날 이후 나는
　벗을 수 없는 의복인 양 투명한 그늘을 입고 다녔어

　바람이 벗나무에 이르러 수천의 몸으로 갈아입는 걸 봤어
　—보고 싶었어, 바람이 잎사귀에 얼굴을 파묻고 흐느낄 때 나는 물끄러미
　바람의 연산을 생각했어, 나무에 이르러 모였다간 흩어지는 춤추는 셈법
　바람의 펜촉이 재빨리 써나가는 푸르른 연산 쏴쏴, 펜 끝이 일으키는 파도의 집을

피보나치수열을 취하는 해바라기 꽃판 촘촘한 수식처럼 나는, 당신에게 몰두해

잠 속에 품다가 베갯잇에 흘리는 씨앗 같은 당신, 턱밑에서 귓불까지

흰 구름의 서사가 피어오른 노아보다 늙은 당신

달빛 번진 해수면의 반짝거림, 되새떼 목청의 떨기, 백합 조개에 걸쳐진

수평선에까지 바람은 발산과 수렴, 증식과 소거의 파도를 그리는데

내 사랑의 촘촘한 연산이 적힌 석판은 어디에 있나

내 정원에는 한 그루 향기로운 이슬나무 사계절 달콤한 이슬이 열리지

나무에서 따 모은 한 바구니 이슬을 흘리지 않고 어떻게 바다에 이를 수 있을까

먼지의 광휘에서 떠오른 재(灰)의 수요일, 가보지 않고도

그리운 내 금빛 먼지

그토록 편식하던 새들이 올리브 새순을 물고 먼지 하나의

과녁 속으로 사라져갔어 살갗처럼 입고 다니던 다정한

슬픔도

문득, 그리고 아득한 축제인 거야

*G. 르 포르 『단두대 밑의 마지막 여인』에서.

말들의 크레바스

말의 수면 아래에는 극지와 극지를 잇는 레일이 있다

말과 말이 어긋나 레일이 끊긴 날 가만히 수화기를 내려
놓았다
쓸쓸하니? 우심실이 물어왔다 괜찮아, 먹먹한 좌심실이
대답했다
혀끝으로 싸락눈이 몰려왔다 말과 말 사이 헛발 디딘 날

바람이 낸 길, 크레바스 깊은 골은 만년설의 마음이며 봉
인된 입
마음이 밀리고 밀린 단애 밑으로 사랑해, 짧은 말마디가
뛰어내리면 뒤이어
쩌렁쩌렁 설산이 무너진다 누구에겐들 극지를 뒤흔드는
설원의 고함소리를 듣는 밤이 없었겠니?

해일을 일으키며 시작된 안개 무리가 해협을 건너고 초
원을 건너
당신께 이르기까지 말은 자주 지워져 띄엄띄엄 새소리에

묻어 흩어지다가

　길에 떨어진 단추나 깨진 접시, 돌멩이 따위에 가만히 엎
드리기도 하는데

　멀고 쓸쓸한 극지에서 태어난, 그보다 훨씬 먼 행성에서
날아온 씨앗에서 움튼

　사랑해,라는 말에는 얼마나 자주 마음이 다녀가는지

　당신과 내가 투숙하는 이쪽과 저쪽, 극지와 극지 사이 아
득하게 레일이 놓였고

　하루치 쓸쓸한 바람을 적재한 그날의 화물열차가 협곡을
지나간다

초신성

꽃나무와 여자들이 주술에 드는 4월, 가수는 노래하네 ─
세상은 신의 꿈속이 아닐까

꿈속의 일곱 겹 꿈인 당신을 사랑하는 나는, 당신의 아홉
겹 슬픔을 품은 거대한 밤바다
흰 고래 은하가 돌아와 유영하는 저 많은, 반짝이는, 울음
들의 해저로 내 푸른 머리칼을
바람처럼 풀어 흩뜨리지

여자의 해저궁전이 한 달에 한 번 아기들의 울음소릴 듣
는다 태아의 심혼을 듣는
귀, 우리 엄만 자궁 속 그 많은 울음 중에 선병질적으로
푸르스름한
울음소릴 찾아내 나를 이곳에 데려왔다

4월이 나무의 늑골에서 연둣빛 갈매기를 꺼내자 지도에
는 없어도 좋은
먼바다에서 전화벨이 울고 꽃가지 뻗어왔다 목질(木質)

의 침묵이 터뜨린 초신성,
　흰 꽃더미 고래처럼 흘러들었다

　해마다 잎사귀와 꽃의 말을 복원해내는 나무의 복기술은
놀랍다 손에서
　손가락이 뻗어나가 있듯 봉합선 없는 꿈들이 해저를 유
영하며 서로를 더듬던,
　손끝에 남은 기억의 굴곡이 사금처럼 흔들리는 꽃들을
불러왔다

검객

현충사에 칼 보러 갔다 칼은 쇠의 심연으로부터 제 울음의 현을 고르는

척추로 고통스럽게 살아 있다 칼 최대의 값은 담금질로부터 오겠으나

그 끝이 급소에 닿았을 때의 저릿함에 있을 것이다 무쇠에 감겨드는

망령들의 붉은 통곡을 애써 물리쳐야 했던 장군의 눈썹이 꿈틀거린다

칼등과 칼날, 서정과 운명 사이 검을 쓸며 장군은

전장의 새벽을 얼마나 서성인 걸까

철기시대가 왔고, 검객의 시절이 왔다

핏빛 석양이 비꼈고 아득한 성지로부터 두 종파가 왔다
그들이 동시에 칼을 뺐다

칼집 속에 오래 고요했을 칼의 맨몸은 아름답다 칼집을 스치는 칼등이

소슬한 바람을 일으키는 동시에, 칼날은 명치를 지나 귓

전을 스쳐
　깊은 물을 밀고 나가듯 서서히 허공을 가른다

　칼은 칼을 호흡한다, 서로의 누옥을 들여다본다, 칼과 칼
은 대립하나
　그리워 사무치는 두 마리 들개처럼 서로를 배회한다, 서
로의 고립과 탕진
　서로의 편집과 강박, 서로의 밧줄, 서로의 한쪽 날개를

　챙……

　차갑고, 길고, 멀게, 우짖는 칼날의 메아리가 산마루에
닿아
　산은 오래도록 운다, 이 모든 아수라가 얼크러진 철의 축제
　세상에는 다다를 수 없는 것만이 공법인 검법이 있다 당
신께 쓰는
　내 문장은 급소를 모르나 필생의 화염 속에 있다면
　그것으로 전부다

소리를 듣는 몇가지 방식

편지 가득 우기입니다. 폭우가 쏟아지며 사위가 급격히 저물었습니다. *저녁이 큰물에 쓸리는 짐승처럼 한쪽으로 기웁니다.* 창문이 파랗게 켜졌습니다. 뇌성과 동시에 왼쪽 어깨뼈가 덜컹, 커다랗게 놀랍니다. 귀보다 먼저 뼈에 소리가 부딪칩니다.

집 앞에 고양이가 죽어 있습니다. 한 짝 신발처럼 흘려져 깜깜한 고양이는 물이 차서 먹먹했습니다. 자정 넘어 극한의 사랑을 몰고 와 종족의 피를 일시에 교란시키던, 놈의 날카로운 발정은 아름다웠는데요.

연푸른 오이나 풋사과를 깎는 사각대는 소릴 먼저 듣는 건 손목을 타고 오르는 솜털이거나 푸른 정맥일 테죠. 푸른 정맥의 파동으로 가득한 이 유리항아리는 얼마나 많은 소리를 물고 다니는 개미들이 곳곳 미로를 밝혀두었겠어요. 저녁 어스름을 바라보는 눈 속에 꽃 지는 소리 가만가만 쌓여갑니다.

수혈. 귀의 어떤 부분은 스무 해 넘게 당신 음성만 감았다가 재생시키는 일을 되풀이하는데요. 음절과 음절 사이 파도소리 높고요. 오래전 돛폭 찢기던 소리 펄럭펄럭 섞여듭니다.

붉어진 공기

어린 침묵이 젖은 눈을 떠 나를 보았다 나는 애써 귀를
모았다
꽃의 안부는 먼저 공기에게로 번져 붉어진 공기가 주변
을 서성였다
봄은 발설인 거라, 나는 간절해져서 방으로 들어와 두근
두근
붉게 물든 귀를 떼어 서랍 깊이 두었다 귀는 심장에서 다
시 자라나므로

조각가 A씨는 선천적으로 말할 수 있는 구조는 가졌으나
들을 수가 없다, 사과라고 말하기 위해 그는 일만개의 사
과를
혀 위에 굴렸다 손에 든 사과 속으로 일만번째 사과가
굴러
떨어졌을 때 온몸으로 눈물이 모였다 일만번째 구두는
구두 속으로
장미는 장미 속으로 사라져갔다 고양이는 사원의 아늑한
구석방으로

옮겨 앉았다 작업장엔 침묵들이 하나둘 모여들었다 그는
제 손끝이 빚은 사원 제단 위에 귀를 바쳤다

작업장 바깥으로 공기의 웃음소리가 들려났다 공기의 그 많은
많은
겹, 그 많은 깃, 그 오랜 잠을 향기라 불러내는 그의 손가
락은
성대의 떨림을 헤아리는 대신 사물의 심연으로 내려가
개별적인 진동, 소리내지 않는 음악을 듣게 된 것이다
생각해보라 그가 듣는 꽃의 밑바닥을 흐르는 우주박동에
대해
사랑한다, 고백하리라 도모한 신의 은밀한 일들 지구라
는 별이
한 송이 꽃을 피우기 위해 한줌 눈물을 모으는 일에 대해

한 장 모포
끌라라 로하스*에게

미구에 닥칠 두려움을 따돌리는 데는 모포 한 장으로 충
분했다, (⋯⋯충분했을까?)

피랍의 새벽 반정부군 막사, 그의 단단한 턱이 당신의 따
뜻한 살을 무너뜨렸다 몸 깊은 데 은밀한 샘을 지닌 암컷의
수레는 그 순간 모진 운명을 싣고 노새도 없이 깊디깊은 늪
지로 남자를 인도해갔다 사슴처럼 향기롭고 뱀처럼 슬픈
배란기였다

완벽한 합체, 태아가 내쉬는 경미한 숨을 어미가 크게 들
이마신다 씨앗이 품은 소망에서 겨자나무가 터져나오듯 아
가야, 너는 아비와 어미의 부싯돌이 일으킨 불꽃의 꿈
   눈 코 입이 생기기 이전의 얼굴로 출구를 찾는 네 가녀린
울음소리 저 캄캄한 동굴 안쪽에서 이명처럼 들렸나니 번
민도 죄인 듯하여 어미는 전심으로 피의 잔을 기울였나니

부엌칼이 문고리를 따준 임마누엘 내 아기! 주름진 네 주
먹이 허공에 허우적일 때 그 두려움을 감싸는 어미의 손,

너와 내가 나눈 첫 체온이 신생을 열었나니—주먹을 펴봐,
아가야 어미의 손바닥을 흐르는 수천 월경(越境)의 지류 맑
고 싱싱하게 부푼 강물을 네게 흘릴게

　　군용모포를 밀치고 아기를 안아올리는 당신, 두 팔의 둥
근 동선을 따라 천상의 광휘가 일어서는데

　　(꼴롬비아의 비극을 상징하는 아이콘이라고 떠들던 아
기에 대해서 더 아는 게 없습니다. 시체처럼 살아간다는—
풍문으로만 있는 당신의 남자에 대해서도 그렇습니다. 세
간의 관심이라는 게 그렇듯 저 또한 여기까지입니다. 모두
잘 있길 바라며 안녕히……)

---

*꼴롬비아의 변호사. 부통령 후보 당시인 2002년 2월 무장혁명군
　에 납치됐다가 2008년 1월 10일 석방되었다. 피랍중 게릴라 간
　부와 사랑에 빠져 임신, 부엌칼로 제왕절개시술을 받고 아이(임
　마누엘)를 낳았다.

그 여자의 소금

한 티스푼의 소금이 물잔 속에 안개를 만들었다, 달걀을 푼 노란 양재기에 안개를 부었다

멀리서 조금씩…… 그러다가는 울컥 달무리 모여왔다 창백한 벽면으로 후박나무 잎사귀 넓적한 그림자가 일렁였다

유리냄비 속에서 다글다글 중탕되는 연약지반 달걀찜

깨끗이 잘린 두부를 끓는 찌개에 쓸어넣었다 허기가 어린고양이처럼 연한 발톱을 세워 공복을 긁었다 한 벌 수저와 밥공기를 놓았다 사라진 소금이 혀끝에서 피어났다 조수가 밀려왔다

한 장 티슈가 받아낸 소금은 몇그램일까? 달이 구름을 벗어나는 동안, 9시 뉴스를 켜느라 리모컨을 찾는 동안, 빨래를 개다가 소파에 기대 깜박 잠든 동안, 집 안 등을 차례차례 끄는 동안, 욕실로 가 고개를 들고 우르르 양치질하는 동안

히아씬스와 나와 네안데르탈인의 원반 던지기

연일 폭설이다 히아씬스가 신전 기둥처럼 우뚝! 솟아 보랏빛 하늘을 열었다 신생이다

1

재(灰)의 수요일 — 사람아, 너는 먼지에서 났으니 먼지로 돌아갈 것을 기억하라

제대 아래는 검은 천이 내리덮인 관이 있다 장례제의를 갖춘 사제는 관 주위를 돌며 망자를 각성시키려는 듯 향로를 흔들었다

없는 듯 나를 건널 수 있겠니, 걸려 넘어지진 않겠니? 망자가 손을 뻗어 어깨를 두드려왔다

2

집을 비운 이틀 사이 히아씬스 구근이 실뿌리를 내렸다 글라스 가득 빈집이 내쉰 숨의 자취가 얼키설키 들어섰다 놋쇠항아리가 피워올리는 흰 연기 같은, 뿌리의 기원이 허

공에 닿아 제사장처럼 높은 모자를 받았다 진보랏빛 축문 중얼중얼 돋아난 이 꽃기둥은 구근의 치밀한 설계에 따른 빼어난 건축양식, 갈기를 세워 빗줄기가 치달았다 꽃이 저를 연민하는 향기로 앉아 잠시 쉬더니 의자를 비우고 모자를 벗었다 비의 사열대가 높은 모자를 받아들고 꽃을 따랐다

3

조개껍데기에 색소분말을 담아 화장을 했거니와 꽃으로 죽음을 치장한 종족, 내 '잃어버린 고리'(missing ring), 네 안데르탈인이 일어나는 시간이다─회중전등이 필요하세요?

히아씬스 훈향에 싸여 잠자던 그가 홀연 몸을 일으켰다 동굴을 나서 멀리 황사가 이동하는 지평선을 내다보았다

4

왼쪽 무릎 통증을 오른쪽이 부축했다 자급자족의, 이 홀 연하고도 유연한 건축물은 누구의 설계일까 오전 한때 먹

장이 세숫대야 속으로 풀렸다 흐린 물을 쏟아버렸다 새 물을 받아 너덜너덜해진 폐위식을 내려놓았다 *날마다 물의 얼굴과 마주하는 일은 얼마나 장구한 의식이던가!* 대야 속으로 폭설이 내렸다 두 손의 옹위를 받으며 세발식이 시작되었다

대야에 빠뜨린 콘택트렌즈를 더듬다가 잠자는 네안데르탈인 코털을 건드렸다 보랏빛 분향 속에 고즈넉이 눕혀진 그가 기지개를 켜고 움집을 나섰다 맨발로 빙하기를 건너왔다 우기와 건기를 가로질러 황사바람을 뚫고 거울 속에 와 있다 *거울은 막 도착한 내 얼굴로 만발하다*

5
―이제 뭐할까, 원반던지기는 어때?
원반은 너무 멀리 날아갔다 암청색 밤하늘에 초승달이 돋았다 누가 내 잃어버린 흰 빗장뼈 한 조각을 저곳에!

소년

씨앗과 육과 사이 그 많은 빈방, 벽과 벽 사이, 창문과 창
문 사이
　가로등이 들어서고 눈발 그친 거리로 야야야! 고함이 튀
어나가고
　소년이 내빼고 셔틀버스가 멈춰섰다

　태양은 달궈진 놋대야 같았고 과수원엔 사과가 익었다,
뜨겁고 둥근 9월을 삼키려다
　목에 걸린 소년은 목구멍이 거북했고 어깨가 구부정해졌
다 바짓단이 껑충해졌으며
　눈빛은 거친 듯 수줍었다, 귓불이 아침놀처럼 붉고 코밑
이 거뭇해진
　어느 새벽 '첫' 몽정이 왔다 귓속에서 금화처럼 새소리가
쏟아졌고
　눅눅한 요 위에서 홀로 생이 지닌 우수를 껴안았다 그의
중심에서 솟은
　한 그루 이슬나무, 주렁주렁 열린 이슬에서 사과향이 났
다 יהוה야훼께서 보시니

좋았는데 소년은 느껴 울었다 창백해진 소년은 돌아누워 깊은 잠에 빠졌다

창세기 엿새째 아담처럼 고요하게 소년이 눈을 뜨면 먼 바다를 유영하는

고래 송신에 '첫' 귀가 틔기를 타인의 물소리를 따라 발걸음을 옮겨떼기를

더 많은 밤을 성탄제 촛불처럼 뒤척이기를 그분께서 바랐다

낯선 여행지에서 맞는 새벽이란 그런 것, 그가 묵는 객실 앞엔

'풋'사람과 풋사과 풋콩, 그 밖에 '첫'사람과 첫눈, 첫사랑, 첫차 등

풋, 첫, 하는 우표를 붙인 떫고 비릿하고 아린 것들이 속속 도착하는데

그들을 일러 *붉은 빰 어린하느님*이라 칭하는 것인데

숲

검고 긴 총신이 질주하는 멧돼지를 향해 겨눠진다, 갈참
나무숲 사잇길

폭풍처럼 화려한 화약의 꽃이 사라진 지점은 잠잠하다
덩치 큰 슬픔이 모로 쓰러진 곳으로 달려간 숲의 고요가 슬
픔의 어깨를 흔든다 슬픔을 보듬어 털북숭이 왼뺨에 오른
뺨을 댄다 슬픔의 눈꺼풀을 쓸어내린다 들쳐업고 뛰기엔
너무 늦어버린, 물로 씻은 약사발처럼 아무것도 뒤져낼 수
없는 막막한 구급상자

총의 개념은 신석기시대 바람 부는 숲에서 세워졌다 한
다, 휨의 일관성으로 방향을 보존하는 숲에서 비틀림의 에
너지를 지켜보는 석기인의 순결한 희열을 나는 상상한다
순결은 분별이 끼어들기 이전*의 순간몰입상태 불현듯 눈
이 멀어 전신이 눈이 되는, 신성의 얼굴과 마주한 백열상태

나는 지금 흔들리는 숲에서 한 사람을 그리워한다, 검은
수염에 뒤덮여 그는 다만 숲의 고요를 목도중일 것이다 숱

많은 눈썹 위로 숲의 빛이 내리쌓일 것이다 깜깜한 진흙반
죽으로부터 고대인을 통과하여 영원히 인간게놈 정중부에
꽂히는 빛의 화살촉 신성은 자신의 관성으로 *인간과 인간,
사물과 사물을 관통하며* 시제는 현재다

---

* '순결이란 원죄나 이분법 혹은 분리의식이 싹트기 전의 존재상
  태를 가리킨다. 그것은 우리의 원초적인 자유를 의미한다'는 마
  이스터 에크하르트의 말에서 영향을 받음.

장미와 바람의 보존법

김수이

1

이 시집에서는 사과향이 난다. 에덴동산에서 이브가 처음 따먹은 사과와 그로부터 줄기차게 번성하여온 사과들. 금기의 맛이자 금기를 깨뜨리는 맛의 이중성을 지닌, 욕망충족의 환희와 허망의 분열적인 경험을 안겨주는, 인간이 신의 낙원에서 추방당한 최초의 트라우마를 새콤달콤하게 반추토록 하는 사과들의 향.

'사과'는 인간 역사의 기원과 형성(균열이기도 한)에 대한 상징이자, 욕망의 기원과 충족(좌절이기도 한)에 대한 상징이며, 일탈과 처벌로 가시화된 여성의 주체적 행위의 기원과 성장(파열이기도 한)에 대한 상징이다. 신과 분열된 인간의 역사, 충족 및 승화와 분열된 욕망의 역사, 자기자신과 분열된 여성의 역사에 대한 상징. 더불어 그에 관한 생생한 증거물. 이 사과를 집어들 때 조정인은 그러므로, "의혹투성이 미제사건에 손을 대듯" 긴장할 수밖에 없다고 말한다. 사과를 한입 베어무는 일은 "지상에 흘린 에덴의 풍문을 한입 베어"(「사과 따기」)무는 것과 같기 때문이다. 조정인을 포함한 이브의 후예들이 모든 매혹의 순간들에 "가슴속 사과가 와르르 몰렸다가 제자리를 찾는"(「난감」) 사태로 전율하는 것 역시 최초의 경험을 반복하는 관성적인 행위에 속한다.

이 사과는 "고물대는 우주를 물고 있"으며, 지나온 "시간의 질감이 역력히 남"은, 그러나 "알 수 없는 흔적들이 지워질 듯 어른거"(「홍옥」)리는 비의의 형상을 하고 있다. '씨앗'과 '유적'과 '미궁'의 복합적 면모를 지닌 사과는 우주의 생명-존재의 비밀이 농축된 결정체로서 지금-여기에 현존한다. "미량의 크로뮴을 품은 돌", "투명한 돌멩이의 구심에서 외곽까지 구석구석 원소의 메아리가 쟁쟁"(「홍옥(紅玉)」)한 여실(如實)한 생물. 만지고 깨물고 삼킬 수는 있지만, 끝내 닿을 수는 없는 실재인 그것. 인간의 몸과 내면에 축적되고 유전하여왔으나, 인간이 완전히 규명하고 제어할 수 없는 본질이기도 한 그것. 인간이 행하고 이룩하여왔으나, 인간 스스로 투명하게 해명하기 어려운 모든 행위들의 환유이기도 한 그것.

이 오래된, 현전(現傳/現前)하는 우주적 배경을 지닌 인간의 존재론에 관해 조정인은 이렇게 읊조린다. "우리는 얼마나 먼 데서 흘러온 시간들일까? 곁에 있으나/닿을 수 없는"(「낮은 웃음소리가 들려왔다」). 그리하여 사과는 또한 인간이 세계/우주 및 타자와 맺고 있는 근원적인 관계와 그 관계의 빈 구멍들을 상징한다. 이 존재론적이며 관계론적인 빈 구멍들은 인간의 고뇌와 고통이 생성하고 분출하는 수원(水源)이자, 인간이 망각해온 신성에 대한 갈망을 꽃피우는 통로가 된다. 조정인은 이 빈 구멍에서 희미해진 신성의 대리물 혹은 근사치로서 여성성을 발견한다. 그녀가 비속한 세계의 여러 시공간에서 고통받는 존재들에게 손을 내밀어 그들의 고통을 육화할 때, 여성성은 신성의 유의어 혹은 계열어가 된다. 조정인의 시가 태초와 이후의 시간들을 아우르고 종교와 과학을 넘나들며 수많은 타자들의 삶에 참여하는 광대한 스케일을 갖춘 내력은 이러하다. 조정인의 시를 읽으며 현실과 현실 너머, 역사와 초(超)역사, 일상과 심연, 논리의 언어와 열정의 언어 등이 폭주하는 어떤 과잉의 사태에 곤혹스러웠거나 즐거웠다면, 그 상당부분은 조정인의 여성적 문제의식의 남다른 스케일에서 연원한 것이라고 할 수 있다.

비슷한 맥락에서 사과는 인간에 의한 인간적인 삶의 출발을 '금기'로 예비한 "하느님의 붉은 혁명"을 상징한다. 치명적인 분리의 기억을 환기하는 사과는 아이러니하게도

인간의 능동적인 자생력을 표징하는 중의적인 의미를 갖는
다. 파열-생성의 가능성으로 충만한 "어마어마한 씨앗창
고"인 "사과창고는 사실 서쪽 하늘에 있"(「서쪽을 불러들이
다」)지만, 그 열매들이 인간의 척박한 땅에서 자라고 수확
되는 일은 그래서 가능해진다. 다르게 말하면, 신에 대한 분
리의 과정과 불안 없이 인간은 자신의 역사를 창조할 수 없
었으며, 그 역사 속에서 끊임없이 신을 그리워하거나 망각
함으로써 자신의 결핍과 자족(의 불가능)성을 증언해왔다.
이 증언의 시간들이야말로 인간이 살아내온 폭력과 성화
(聖化), "킬러와 천사"(「목격」), 분열과 화합, 죽음과 삶, 두려
움과 사랑 등이 넘실거리는 인간의 역사 자체인바, 조정인
의 시가 개입하고 자생하는 자리는 바로 여기이다.

2

　나무는 그해의 잘 익은 태양을 이고 있고 신의 의중은
뿌리 밑에 스며 있다 그의 의중이 재채기처럼 튀어나가
주렁주렁 나무의 문전성시를 이루었다
　(……)
　지난여름 낙뢰, 그 환한 샛길로 사과밭의 환영이 지나
갔다 몽상과 예감의 거친 파도가 쓸고 간 하늘 아래, 꿈처

럼 재현된 과수원에서 사과를 땄다 그 붉은 필름에 바람
의 소용돌이와 구름의 정처가 인화돼 있다
—「사과 따기」 부분

'신의 의중'이 주렁주렁 '문전성시를 이룬' '사과밭'은 왜
'환영'의 형태로 다가오는가. 사과밭에 켜켜이 쌓인 신화적
시간의 두께가 그 이유일 터이다. 사과밭의 가시적 형상은
저 보이지 않는 실재의 기미들로 은성(殷盛)한 신의 손길을
현시한다. 지금 사과를 따는 곳은 '신이 있음'(God is)이 다
시 한번 "꿈처럼 재현된 과수원"이며, 사과를 따는 '나'는
신의 의중을 "몽상과 예감"의 초이성적이며 초자아적인 감
각기관-능력으로 감지하는 자이다(조정인의 시에 '맹인'
과 '시력 상실' 이미지가 자주 등장하는 것은 이와 관련된
다). 하여 사과의 "붉은 필름"에는 과수원에서 생긴 모든
존재와 행위와 사건의 흔적, 예컨대 "바람의 소용돌이와 구
름의 정처가 인화돼 있다". 혹은 사과는 "꽃을 쪼던 찌르레
기 부리 끝 비린 향기와 쓸쓸쓸 쓰르라미 울음소리"에서부
터 "머지않아/폭설을 몰고 올 당신이라는 별"에 이르기까
지 "그 많은 겹을 입혀 구워낸/붉은 종, 9월의 캐럴"(「홍옥」)
이며, 퇴근길에 넘어져 "영원 같은 순간을" "세상의 바깥으
로/고요하게 휘돌아나"가면서 "지구 자전에 스텝을 맞"추
며 "뉴턴의 사과"로 화한 "3개월짜리 계약직"인 '나' 자신

이기도 하다(「내 무릎 속 사과」). 이 목록은 얼마든지 계속될 수 있다.

'신의 의중'과 우주와 인간의 역사가 새겨진 "정교한 비문(秘文)"(「먼지야, 그때 너 왜 울었니?」)으로서 사과. 이 사과들의 향이 진동하는 곳은 우리가 살고 있는 세계이며, 더 구체적으로는—조정인이 첫시집에 명시해놓은 것처럼—"한 생애가 고인 삼엄한 현장"(「노을과 장미 2」, 『그리움이라는 짐승이 사는 움막』, 천년의시작 2004)이다. 한 생애는 누대로부터 첩첩 쌓여온 수많은 생애의 집적물이기도 한 것이어서, 한 생애가 고인 삼엄한 현장이란 존재와 시간의 중첩과 펼쳐짐, 응축과 확산이 수시로 일어나는 곳이 된다. 광대무변한 이 삶의 현장은 특정 시공간과 개체의 경계를 넘어 다른 시공간 및 존재들과 자유로이 접속하고 연대한다. "종(種)의 경계가 얼마나 부질없는 것인가를"(「고양이는 간간 상황 너머에 있다」) 실감하는 일쯤은 이곳에서는 한낱 예사로운 일이다. 조정인은 다양한 생의 현장을 종횡무진 누비면서 전 우주와 지구의 역사를 망라하고, 타자의 먼 생애를 속속들이 살아내며, "사물의 심연으로 내려가/개별적인 진동, 소리내지 않는 음악을 듣"(「붉어진 공기」)는다. 어떻게 이런 일이 가능할 수 있을까? 조정인에 따르면, 그때-저곳에서 지금-여기까지 우리의 삶의 현장은 변함없이 "영(靈)의 통일성이 점유하는 세계"이기 때문이다.

꿈은 마을과 마을을 유전한다 머리 위로 원반처럼 날
아다니는 초월의 힘을 나는 믿는다 그러므로 내가 종종
샤갈의 밤하늘을 가지는 건 이상할 게 못된다 영(靈)의
통일성이 점유하는 세계가 아니라면 내가 어떻게 그의
양탄자를 타고 밤하늘을 날겠는가 (…)

어떤 사람이 꿈에 에덴동산에 갔다가 그 증표로 꽃을
받았는데 꿈에서 깨어보니 꽃이 정말 손에 쥐어져 있더
라는, 「콜리지의 꽃」에 부쳐 나는 쓴다 (…)

새벽녘 나는 붉은 장미성체를 혀 위에 받는 꿈을 꾸었
다 사제 몰래 손바닥에 뱉어 확인한 꽃잎의 은유, 누가 꽃
을 따서 내 입에 넣었나? 이천여년 저쪽 노을 비낀 해골
산, 로마 병사의 창에 찔린 나사렛 남자의 옆구리에서 뚝,
뚝, 뚝, 듣던 핏방울 그 혈흔이 내게 관여한 꿈! 우리는 *참*
많은 씨앗의 여지를 잠 속에 묻어두었다 잠, 그 따뜻한 무
풍의 나라 통증이 멎는 나라에

—「성체」 부분

(…) 깜깜한 진흙반죽으로부터 고대인을 통과하여 영
원히 인간게놈 정중부에 꽂히는 빛의 화살촉 신성은 자

신의 관성으로 *인간과 인간, 사물과 사물을 관통하며* 시
제는 현재다

—「숲」 부분

꿈속 에덴동산에서 받은 증표인 '꽃'이 깨어난 후에도 손
에 남아 있는 것. 이천여년 전 나사렛 남자가 흘린 '혈흔'
이 내 (무)의식의 '씨앗'으로 유전하는 것. 깜깜한 진흙반
죽으로부터 시작된 '빛의 화살촉'이 고대인을 통과해 인
간의 유전자에 각인되어 있는 것. 초월의 힘, 영의 통일성
등으로 설명되는 '신성'이 *"인간과 인간, 사물과 사물을 관
통"*한 증거는 도처에 가득하다. 인간의 세계를 만들고 움
직이는 원리는 신성(의 관성)인바, 신성의 "시제는 현재"이
다. "불현듯 눈이 멀어 전신이 눈이 되는, 신성의 얼굴과 마
주한 백열상태"(「숲」)는 조정인에게는 명백한 현재의 사건
이다.

신성(의 관성)이 이룩한 세계에서 조정인은 크게 두 가
지 작업을 수행한다. 먼저, 신성의 맥락에서 자신의 정체성
을 규정하고 재구성하기. 이 과정에서 조정인은 신성과 인
간(특히 자신)의 본성 사이의 균열을 체감한다. "이 풍성
한 외로움의 배후는 당신이라는 저편"(「아무 일 없이」)이며,
우리의 세계에서 "영혼의 어떤 거리는 여전히 비어 있"(「날
개에 바치다」)는 까닭에 조정인의 정체성 규정 작업은 지난

한 여정이 된다. 가령 '나'는 "신의 꿈속"일지도 모르는 세상에서 "꿈속의 일곱 겹 꿈"이고, '심장이 사라진 흰 늑대'이며, 마침내 "그 모든 무질서의 총계"이다. 규정될 수 없는 자신의 본질을 규정하려는 불가능한 열망은 조정인의 시를 지배하는 뜨거운 낭만적 열정과 방황의 정조들에 고스란히 이입된다.

꽃나무와 여자들이 주술에 드는 4월, 가수는 노래하네—세상은 신의 꿈속이 아닐까

꿈속의 일곱 겹 꿈인 당신을 사랑하는 나는, 당신의 아홉 겹 슬픔을 품은 거대한 밤바다

—「초신성」부분

그런데 나는 왜 심장이 사라지나 흰 늑대가 되어 눈보라처럼 하늘 복판을 펄럭이나

—「장미의 내용」부분

나는 숨쉬는 진흙덩이, 욕망이라는 사과 한 개, 필연을 품고 날아가는 화살촉, 죽은 자들이 필자인 기나긴 연재, 태어나지 못한 메아리들의 무덤, 탄흔으로 얼룩진 성전 내벽에 걸린 인류의 파편, 한 뭉치 열패감 그리고 구토,

그 모든 무질서의 총계

　　　　　　—「장미와 바람은 다 어떻게 보존되나」 부분

　다음으로, 같거나 다른 시공간 속의 타자들의 삶을 자신
의 것으로 상상하고 전유하기. 신성과 인간성 사이의 간극
을 좁히는 이 작업은 신성을 닮은 여성성이 발현하는 결정
적인 토양이 된다. 신성을 지향하는 여성성, 신성으로 수렴
되는 여성성으로 요약될 수 있는 조정인의 시적 체제 속에
서 과거와 현재, 기억과 상상, 현실과 비현실/초현실 등의
구별은 가볍게 무화된다. 이 신성-여성성의 시적 주체는
지금-여기에서 한 발짝도 움직이지 않고서도 무수한 타자
들을 윤회한다.

　저물 무렵, 쥐스킨트 1가 향수의 거리에서 나는 향기
진한 자두와 장식 깃털을 팔다가 그를 보았다 치마를 털
고 일어나 뒤를 쫓았으나 사람들 사이 놓치고 말았다 그
를 찾아 몇세기를 헤매는 중 기억하느니 한때 나는 맹인
이었다

　　　　　　　　—「날개에 바치다」 부분

　비단, "그를 찾아 몇세기를 헤매는 중" 한때 '나'의 화신
(化身)이었던 '맹인'뿐만이 아니다. 『장미의 내용』의 상당

부분은 이 윤회의 기록을 위해 바쳐진다. 중세의 시민광장에서 화형당하는 불륜의 마녀(「불꽃에 관한 한 인상」), 백년을 보폭으로 바다를 건너오는, 지구의 어느 곤고한 시절 굶어 죽은 "은발을 풀어헤친 혼령들"(「눈보라는 어디에 잠드나」), 짐승의 혼들이 밤하늘의 별이 되던 원시시대의 사냥꾼 쿤(「화공」), 거울 앞에서 불현듯 깨어나는 내 안의 네안데르탈인(「히아씬스와 나와 네안데르탈인의 원반던지기」), 천년 전 전란이 있던 해 바위섬 외딴집에 깃들어 산 부부(「낮은 웃음소리가 들려왔다」), 한국전쟁의 격전지에서 55년 된 물이 담긴 수통과 함께 발견된 무명 전사자(「수통 속의 천사」), 자신을 납치한 무장혁명군의 간부와 사랑에 빠져 정글에서 부엌칼 시술로 아이를 낳은 꼴롬비아의 여성 변호사(「한 장 모포」), 지하철에서 구걸하는 장애인들(「느리게 흐르는 책」), 집 나가는 엄마에게 가지 말라고 다급하게 외치는 아이(「유리」) 등. 기억과 상상, 공감의 형식을 띤 수많은 타자들로의 시적 윤회는 조정인이 자신에게 내재된 '초월의 힘'과 '영의 통일성'을 발휘하는 방식이자 그 산물이다. 한편 타자들로의 윤회는 다음과 같은, 타자를 착취하는 인간 존재의 본성을 정반대의 형태로 실천하는 일이기도 하다. "당신과 내가 갉아먹은 것은 서로의 슬픔, (…) 우리는 일생 타자의 슬픔을 헐어 제 공복을 채운다"(「고구마를 깎다」).

타자에 대한 일방적인 '착취'를 반대방향의 '증여'와 '존

중', 쌍방향의 '순환'으로 돌려놓는 것—이 또한 인간의 본
성이다—, 그것을 우리는 '사랑'이라고 부른다. 이제, "네
사랑을 펴봐"(「먼지야, 그때 너 왜 울었니?」)야 할 시간. 사랑의
시간은 타자의 슬픔과 나의 슬픔이 뒤섞이(지 못하)는 가
운데 문득 도래한다.

　내 안의 뭔가가 함부로 휘저어질 때, 자신의 침묵에서
　떠오른 아름다운
　섬, 당신이 있었어 (…)

　달빛 번진 해수면의 반짝거림, 되새떼 목청의 떨기, 백
　합조개에 걸쳐진
　수평선에까지 바람은 발산과 수렴, 증식과 소거의 파
　도를 그리는데
　내 사랑의 촘촘한 연산이 적힌 석판은 어디에 있나
　　　　　　　　　　　　　　　　　　—「축제」 부분

　멀고 쓸쓸한 극지에서 태어난, 그보다 훨씬 먼 행성에
　서 날아온 씨앗에서 움튼
　사랑해,라는 말에는 얼마나 자주 마음이 다녀가는지

　당신과 내가 투숙하는 이쪽과 저쪽, 극지와 극지 사이

아득하게 레일이 놓였고

　하루치 쓸쓸한 바람을 적재한 그날의 화물열차가 협곡
을 지나간다

　　　　　　　　　　　　　　　　—「말들의 크레바스」 부분

끊임없이 "발산과 수렴, 증식과 소거의 파도를 그리는"
바람으로, "멀고 쓸쓸한 극지에서 태어난" 씨앗으로, 당신
과 내가 투숙하는 "극지와 극지 사이" 협곡의 바람으로, 기
타 등등으로 "내 사랑의 촘촘한 연산"은 진행된다. 조정인
의 시가 편력해온 거대한 스케일의 우주가 실은 '사랑의 우
주'였음이 드러나는 순간이다. "그대가 보지 않는다고 해
서, 그대의 감긴 눈이 볼 능력을 잃었다고 해서 사랑의 우
주가 멈춰서지는 않는다"(개리 레너드 『우주가 사라지다』)는
말은 조정인의 시에 적절히 들어맞는다. 사랑의 반대말은
미움이나 무관심이 아닌 두려움이라는 말 역시 그러하다.
조정인은 규정되고 설명될 수 없는 자신의 실재/실체에 대
한 두려움(만지고 깨물고 삼킬 수는 있지만, 닿을/다다를
수 없는 '사과'를 다시 떠올리자)을 넘어 타자에 대한 사랑
으로 나아간다. 이 도약이 신성을 갈망하는 여성성에 의해
이루어졌음은 앞서 살펴본 바와 같다.

　세상에는 다다를 수 없는 것만이 공법인 검법이 있다

당신께 쓰는

　내 문장은 급소를 모르나 필생의 화염 속에 있다면

　그것으로 전부다

—「검객」 부분

　이제 조정인 시에 대한 가장 중요한 진술을 할 시점에 이
르렀다. 조정인 시의 잉태와 발화의 주체는 사후적으로 감
각하고 사유하는 개별적인 '자아'가 아닌, 선험적으로 몽상
하고 예감하고 직관하는 '영혼'이다('영혼'의 의미를 조정
인의 시에 깔린 가톨릭의 종교적 테두리로 한정하지는 말
자). 개체를 초월하고 시공마저 가볍게 초월해 다른 영혼들
과 소통하는 영혼이 체험하고 증언하는 시. "영혼에게도 뼈
가 있어서, 영혼이 뼈를 앓아누웠다"(「바람벽화」)는 조정인
의 말은 조금도 과장이 아니다. 조정인은 자신의 영혼을 시
쓰기의 주체로 하여, 그 쓰는 일로써 '장미와 바람' 즉 인간
의 능력으로 보존할 수 없는 것들을 보존하고자 한다. '장
미와 바람'을 담아 사랑하는 "당신께 쓰는" 시는 "필생의
화염"(「검객」)을 토해내는 "내 고유한 화형식"으로 점철된
다. 조정인의 말처럼, 이 사랑하는/쓰는 일에는 뚜렷한 기
원이나 정처가 없다. 그러니 '나'를 불사르며 그저 쓰고 또
쓸 뿐. 사랑하고 또 사랑할 뿐, 다른 방법이 없다.

시야 가득 지펴지는 말들의 불꽃으로 치르는 내 고유
한 화형식 손끝을 빠져나가는 그림자를 지면으로 흘리며
나는 묻지 기록이 흘리는 검은 피, 쓴다는 일은 어디서 오
며 정처는 어디인가

　　　　　　—「장미와 바람은 다 어떻게 보존되나」 부분

金壽伊 | 문학평론가

　　—어린왕자의 꽃…… 골목을 벗어나며 미처 말을 맺기
도 전이었다.

　　—알아요. 저도 그렇게 생각해요. 그가 말을 받았다. M시
를 떠나기로 한 전날 그를 찾아갔었다. 겨울밤이었고 서른
언저리였다.

　　적막한 가운데 걸음을 멈추었다. 한 자락 바람이 눈물 고
인 얼굴로 정화수를 흩뿌리며 지나갔던가? 말할 수 있는
건, 밤의 심연으로부터 두레박의 도르래소리가 들렸다는
것. 그와 내가 나눈 단지 두 마디 말, 그것도 채 완성되지 않
은 말마디가 그날 이후 대부분의 시간을 예인해가리라고는
생각지 못했다. 뒷날 열차에 몸을 실었고 차창 밖으로 낮

설고 두려운 생의 대륙이 어슴푸레 윤곽을 드러내보였다. 내가 건너야 할 땅덩이의 접경쯤에서 기차가 미끄러졌다. ······내게 대체 무슨 일이 생겼다는 말인가. ─*사슴처럼 향기롭고 뱀처럼 슬픈 시절이 도래했다. 내게는 동굴이 자라났으며 그 깊이는 다시 밟아나올 수 있는 무엇이 아니었다. 동굴 안쪽으로 희미한 빛이 비쳐들고 장궤틀이 보였다.*

손끝을 흘러 한 줄 문장이 태어나는 일은 경이로우나 문장이 지나간 나는 다시 적막할 것이다. 문장 이후가 비로소 온전한 내 몫일 것이므로.

*

어느날 미의 본질로서의 침묵을 대면한 값으로 시를 쓴다고 말하면 어떨까? 내 혈관에는 여전히 일곱살의 여름저녁 자귀나무 아래서 만난 세계와의 '첫' 기억이 흐르고 있다. 이러한 체험적 현상을 두고, 자끄 마리땡은 '자연과 인간 사이의 상호침투로서, 인간이 미의 환희를 느낄 때 자연은 인간의 혈관 속으로 들어가 그와 함께 그의 원념을 호흡한다'라고 했던가. 그날의 기억은 간헐적으로 나를 두드려오고는 했다. 어떻게든 나는 그날의 수려한 한 그루 나무와 어린 나와 벌판을 적셔오는 어둠을 복원하고 싶었다. 그날 나는 침묵의 실체와 합체를 이루었던 것이다.

침묵은 얼마나 많은 말을 머금던가! 침묵의 저편은 무한히 확장되며 오히려 가청권 바깥 굉음의 세계일지 모른다. 침묵은 침묵하는 자의 배후이며 출발이며 그 형상의 질료이다. 창세기 이전 그 홀로의 심연인, 스스로 존재하는 자의 자태이며 시제는 현재다. 그의 드러남은 얼마나 또렷한가! 눈앞에 펼쳐진 만상은 그것으로부터 도드라졌으며 그것의 꿈이다. 마찬가지로 지금 이곳 나를 에워싼 침묵 또한 창세기 이전의 그것이며 나는 그 꿈으로부터 드러난 무엇이다.

그러나 무슨 근거로? 반쪽은 꿈을 머금고 반쪽은 주저앉은 지반 같은 모호한 지구촌을 바라보며, 세계性(또는 魂)에 대해 '스스로 미소짓는 자'라는 설정을 품은 나로서 그 근거는 갈수록 희박하다. 다행히 떼이아르 드 샤르댕의 '신 안에서 가장 신적인 것이 신 밖에서는 無와 같다'는 말에서 전적인 위로를 느낀다. 언어를 쓰는 種으로서 어쩔 수 없는 일이다. 어디에 가 있던 봄일까, 흙이 부풀더니 봄이 왔다. 침묵으로부터 반짝반짝 흘러든 소리의 리본, 저기 새다!

2011년 4월
조정인

창비시선 329

장미의 내용

초판 1쇄 발행 / 2011년 4월 20일
초판 4쇄 발행 / 2021년 9월 10일

지은이 / 조정인
펴낸이 / 강일우
책임편집 / 전성이
펴낸곳 / (주)창비
등록 / 1986년 8월 5일 제85호
주소 / 10881 경기도 파주시 회동길 184
전화 / 031-955-3333
팩시밀리 / 영업 031-955-3399 편집 031-955-3400
홈페이지 / www.changbi.com
전자우편 / lit@changbi.com

ISBN 978-89-364-2329-2 03810

* 이 책은 한국문화예술위원회의 2008년도 문예진흥기금을 받았습니다.